Les mecs que je veux ken

Les Arènes,
17-19, rue Visconti, 75006 Paris
Tél.: 01 42 17 47 80
arenes@arenes.fr
www.arenes.fr

Rosa
Bursztein

Les mecs que je veux ken

Récit

Les Arènes

À Suzanne, Rifka, Léon et Felka

«Les pages qui vont suivre constituent un roman; j'entends une succession d'anecdotes dont je suis le héros. Ce choix autobiographique n'en est pas réellement un: de toute façon, je n'ai pas d'autre issue. Si je n'écris pas ce que j'ai vu je souffrirai autant – et peut-être un peu plus. Un peu seulement, j'insiste. L'écriture ne soulage guère. Elle retrace, elle délimite. Elle introduit un soupçon de cohérence, l'idée d'un réalisme. On patauge toujours dans un brouillard sanglant, mais il y a quelques repères.»

Michel Houellebecq, ***Extension du domaine de la lutte***

Si on s'embrasse

Si on s'embrasse, on le fait vraiment.
Pas tout de suite avec la langue. D'abord, on pose les lèvres, Doucement, curieusement.
Prendre le temps de manger, de grignoter l'autre.
S'il n'y a pas cette envie, cette application, ça ne sert à rien.
On laisse les mains en dehors. On est seuls. On n'est pas encore allongés, on s'allongera. Lorsque les mains interviendront.
Là, ce ne sont que nos lèvres et l'on sait déjà que c'est peut-être plus fort que tout le reste, de s'embrasser le visage.
Nos bouches sont nos sexes.
Et on a les mêmes, pratiquement. Donc c'est facile, il suffit juste d'alterner: je t'embrasse, tu m'embrasses.
Je t'embrasse, tu m'embrasses.
Ne te laisse pas embrasser trop longtemps, reprends vite le pouvoir.
Ne me laisse pas mourir, permets-moi de t'embrasser aussi.
Et puis, si l'on varie les rythmes, si l'on ouvre un peu les yeux pour se voir et qu'on les referme, pour sentir plus profondément.
Alors on peut mettre nos langues.
Elles se touchent, se rencontrent, ça nous excite beaucoup.
On prolonge, on mordille, on lèche la lèvre de l'autre. On la suce, on l'aspire, on se retient de mettre les mains, de se tenir le cou, les cheveux. On prend beaucoup de plaisir, sans faire de bruit, sans gémir encore, sans se toucher. On fait l'amour par nos visages, l'un contre l'autre.
Tu réussis à être intense sans être brutal, je suis passionnée.
Bientôt ce sera fini, ce sera passé.
On laisse durer, encore un peu, puis on respire, on se retire.
L'autre bataille peut commencer.

Un roman?

«Un roman, t'es sûre? Je sais que tu peux écrire. Je t'ai vue écrire sur la plage des poèmes en deux minutes. Je t'ai toujours dit d'écrire, je ne doute pas de ça, c'est même moi qui te l'ai conseillé: tu devrais écrire! Mais un roman... t'es sûre?»
Ça c'est mon père. Je venais de lui dire: «Papa, je te préviens, je sors de chez le psy, je suis fragile! Si on se voit, c'est pas pour que tu me casses.»
Il avait grommelé en haussant les sourcils: «Casser... Moi, te casser...» Comme si j'étais folle. Folle peut-être de voir mon père en sortant de chez le psy, ça oui.
C'était une bonne séance, une séance importante. J'étais très déprimée parce que je venais de recevoir une réponse négative à un casting, pour un super projet. J'ai failli être prise pour le rôle principal d'une nouvelle série Netflix.
Vraiment, ça aurait pu être moi.
Et là, si cela avait été moi, je ne serais pas en train de vous écrire. Je sais pas où je serais... Certainement sur Instagram. À afficher une joie mystérieuse tout en me délectant de garder encore secrète la *big news*.
J'ai confié à mon psy: «Adrienne pense qu'il faut que je continue à *initier* des projets, que je n'attende pas d'être choisie.» Adrienne met en scène mon spectacle de stand-up et c'est aussi mon amie préférée. Mon psy me dit: «Écoutez Adrienne. Vous ne devez pas oublier l'écriture.» Donc me voilà! Je m'adresse à vous, lecteurs, lectrices, comme si vous étiez mes amis. Comme je m'adresserais aux auditeurs et auditrices de mon podcast: *Les mecs que je veux ken*.

Mon podcast

Au début c'était une blague, je disais pour rigoler: «Je vais créer un podcast pour rencontrer des mecs que je veux ken! Ce sera un prétexte pour les contacter!» Comme quand je prenais des cours de théâtre, je proposais toujours une scène au gars de la classe que je voulais me taper. Je créais une occasion. Ensuite on répétait seuls le soir au sous-sol du bureau de mon père et *magic happened – or not*!
Et puis on m'a dit que ma blague était une bonne idée, que je tenais un concept, alors j'ai lancé *Les mecs que je veux ken*, le podcast.
Ce ne sont pas des interviews. C'est un podcast de discussion. Les podcasts question-réponse me font royalement chier. Dans le mien, je coupe, j'interromps, je rebondis. Le but est de rêvasser à deux, de tirer les fils d'une idée saugrenue. Voici, par exemple, la description de celui avec Thomas VDB: «Thomas VDB et moi faisons dans cet épisode l'une des choses que je préfère dans la vie: divaguer. Naturellement. Un sujet en amène un autre et cela devient de plus en plus farfelu.»

Le poids

Ma plus grande peur est d'être obèse.
Mon père et son frère étaient obèses. Un jour, ils sont restés coincés dans l'ascenseur, tellement ils étaient gros. Mon père était boulimique. Quand on était petites, il pouvait manger un énorme plat de pâtes en trente secondes. Il accusait ma mère de faire trop à bouffer mais pétait les plombs s'il n'y

avait pas assez, si on se resservait et qu'il ne restait rien pour lui. Il mangeait les yeux dans le vide, sans parler. Ma mère le regardait, inquiète: «Il attend une réponse du CNC. S'il touche la subvention, il pourra produire son film.»
Mon père a fait un infarctus à quarante-trois ans. J'avais sept ans. Après, il a commencé à faire gaffe, à moins manger – sans jamais réussir à manger plus lentement.
Aujourd'hui, il est beaucoup moins gros qu'avant. Il pesait plus de 120 kilos pour 1 m 78. Il est toujours *robuste* – c'est sa morphologie. Mais il se kiffe. Il se trouve beau. C'est vrai qu'il vieillit plutôt bien. Il a de beaux cheveux, il ne fait pas vieux. Il se passe souvent la main sur le ventre, comme s'il était plat. Il est attiré par les femmes très minces.

Moi, là, avec les confinements et reconfinements, j'ai bouffé, bouffé, bouffé... Après, l'avantage d'avoir grossi, c'est que mon célibat me pèse moins parce que je ne me sens pas sexy, j'ai pas envie qu'un homme me touche. Donc ça me va d'être seule. On n'a jamais plus envie de baiser que lorsqu'on se sent beau. J'étais une enfant bouboule. J'ai vu une pédopsy du CE2 au CM2 et j'ai perdu du poids.
Je suis devenue une ado plutôt mince puis une jeune femme normale. Sauf que «normale», c'est gros pour une actrice. Tu as beau être, en principe, la nana la plus body-positive du monde, quand une costumière, son assistante, le réal et la scripte te regardent en essayage pousser et tirer sur un jean taille 40 sans réussir à le fermer, tu bades. Sans parler de l'épreuve ultime: se voir à l'image, élargie.
Je mets tous mes échecs en tant que comédienne sur mon poids. Je suis trop grosse pour être vraiment belle. On me l'a bien fait comprendre: je suis le sosie grassouillet d'Anaïs

Demoustier. Mais je ne suis pas moche non plus, ni franchement *oversize*. J'ai un corps pulpeux contredit par un visage fin. Et mon handicap numéro deux, c'est mon nom de famille. Imprononçable.

Bursztejn

Extrait de mon spectacle de stand-up, où je fais des blagues sur mon nom de famille. Le texte souligné, c'est la *punch*, là où le public rit – normalement.

Moi, je suis nulle en rupture.
Nulle. En maths et en rupture. Et en physique-chimie.
Mais surtout en rupture! J'arrive pas à respecter le contrat d'une fin propre, *clean*, *green*, *eco-friendly*. J'aimerais savoir le faire: bien rompre avec un homme... Mais je ne peux pas m'empêcher de le harceler.
C'est ma nature: Rosa Bursztein. Weinstein, Epstein...
À votre avis, pourquoi j'ai supprimé mon nom de l'affiche?

Puis je fais un *call back* plus tard dans le spectacle, je reviens sur mon nom:

Je m'appelle pas Weinstein, ni Epstein.
Mais Bursztejn: B, U, R, S... Z! T, E... J! N. Oui, c'est déjà un peu drôle en soi. J'ai enlevé le *J*, j'ai mis un *I* à la place. Ça suffit pas. Les gens dégueulent quand ils lisent mon nom de famille: Hein? Quoi? Blurblllrrrrrrurrr... BURNES?! Ou nan, ils avalent plutôt, voilà, c'est ça, si si, les gens prononcent mon nom de famille comme une jeune fille qui avalerait du sperme pour la première fois: BlllluurrrPP... STEIN!

Je mime la jeune femme qui a plein de sperme dans la bouche et met sa main sous son menton, hésite à cracher puis finalement avale et découvre le goût avec surprise. J'enchaîne avec:

Donc stop, maintenant sur l'affiche, juste: ROSA.
Les trois mille ans de persécutions, sans moi.
J'ai pas à porter ça... Même si je porte un pyjama...

Felka

Je n'ai pas connu Léon et Rifka Bursztejn, les parents de mon père. Et je n'ai pas non plus connu ma grand-tante, la sœur de Rifka: Felka, qui était actrice. Felka Feldman, plus connue sous le nom de Fela Feld et que les gens surnommaient *Falafel*. La femme aux cinq prénoms: Felka, Fella, Fell, Fayga, Fayge.
Cinq prénoms bien effacés de l'histoire. Vous ne trouverez rien sur Internet la concernant. Ce que je sais d'elle, on me l'a raconté: elle était très belle, elle n'a pas eu d'enfants mais beaucoup d'amants.
Ma grand-tante Hélène, la mère de Jean-Louis, un cousin de mon père, disait d'elle, avec son accent yiddish: «Felka, l'actrice, LA PUTE.»
Ma grand-tante Hélène n'était pas particulièrement douce, mais je l'aimais beaucoup. Elle faisait de délicieux *kneidlers* (boulettes de farine de matza dans du bouillon).
Hélène parlait volontiers de ma grand-mère Rifka, qu'elle adorait, mais vociférait au nom de Felka: «Quel dommage, *voi voi* que toi aussi ti veuilles faire LA PUTE.»

Felka a fini sa vie en Israël. Elle jouait aux échecs. Elle parlait cinq langues.
Si on veut employer le terme ultra misogyne de «*starfuckeuse*», on peut dire que Felka était une *starfuckeuse*. Elle aimait baiser des hommes brillants.
Mon podcast parle de ça, aussi, du désir des femmes pour les hommes qu'elles vénèrent. J'ai besoin que les épaules d'un homme soient déjà hautes pour grimper dessus et mieux voir. J'ai besoin d'avoir un peu peur de lui. Ça m'exciterait presque de savoir qu'il pourrait me nuire. Tant mieux, ça met une limite à ma méchanceté. Un homme qui n'a pas le pouvoir de me nuire, c'est moi qui le détruis.
J'adore que Blanche Gardin ait aimé Louis CK avant de l'avoir rencontré. Et qu'elle se soit bagarrée pour leur amour, qu'elle ait eu besoin de crier son nom aux Molières pour attirer son attention.
Je connais le nom de six hommes avec lesquels Felka a été. Je n'ai pas l'ordre chronologique, et je n'ai que six noms. Il y a dû en avoir bien plus. Mais j'ai déjà ces six noms: Chagall, Markish, Manguer, Rolnikas, Goldman et Mikhoels. Un peintre, deux poètes, un avocat, un comédien et un résistant.
Peretz Markish, né le 7 décembre 1895 – mort assassiné.
Itsik Manguer, né en 1901 – mort assassiné.
Michel Rolnikas, né le 28 janvier 1908 – mort assassiné.
Alter Mojsze Goldman, né le 17 novembre 1909 - mort naturelle.
Solomon Mikhoels, né le 4 mars 1890 – mort assassiné.
Marc Chagall, né Moïche Zakharovitch Chagalov, né le 7 juillet 1887 - mort naturelle.

Chagall... Je ne sais pas où ni quand elle l'a rencontré. À Paris, en 1923? En 1925? Ou en Russie?

Felka devait épouser Goldman, le père de Jean-Jacques Goldman. Mais la veille de leurs noces elle lui confie l'avoir trompé avec le grand acteur de théâtre russe Solomon Mikhoels, et le mariage est annulé.

https://fr.wikipedia.org/wiki/Marc_Chagall
https://fr.wikipedia.org/wiki/Peretz_Markish
https://fr.wikipedia.org/wiki/Michel_Rolnikas
https://fr.wikipedia.org/wiki/Itsik_Manguer
https://fr.wikipedia.org/wiki/Alter_Mojsze_Goldman
https://fr.wikipedia.org/wiki/Solomon_Mikhoels

Pas de Wikipédia pour Felka.

Bagnolet

Je suis propriétaire; j'habite au dernier étage d'un immeuble des années 1970 dans le centre de Bagnolet. J'ai eu l'apport pour le prêt grâce aux pubs dans lesquelles j'ai tourné: Sécurité routière, McDo, Peugeot, Darty, Francine, Cinna, Cuisinella, Belin, Nescafé, CNB... Le CNB, le Conseil national des barreaux, c'est ce qui m'a rapporté le plus de thunes. Merci les avocats!
Avant cela, j'ai toujours été parisienne et je m'étais habituée à l'anonymat, à la brutalité, au caractère procédurier des rapports de voisinage parisiens. À Bagnolet, au quatrième étage de mon immeuble, je suis entourée de trois couples adorables: Carmen et Steve, Hendrik et Daniel, Marie et Olivier, ainsi que leur fils Théo.

On a un WhatsApp commun, depuis le premier confinement. Je suis la seule à demander des services, qu'ils ne refusent jamais. Hendrik vient nourrir mon chat quand je suis absente, Marie arrose mes plantes, Carmen réceptionne mes colis. Olivier ou Steve m'aident quand je n'arrive pas à faire fonctionner une machine. Daniel me propose régulièrement une part de quiche, qu'il a cuisinée. Le premier mai, j'ai du muguet devant ma porte... Ils sont doux.

Je suis désarçonnée par la gentillesse

Je ne sais pas quoi en faire.

L'esprit de contradiction

J'ai de grands moments de complicité avec mon père. Il est joyeux, énergique, toujours affairé, il ne se laisse jamais aller, toujours vivant.
Il est très fusionnel. Quand il était encore avec ma mère, il l'appelait au moins trois fois par jour. Même les jours précédant leur séparation, avant qu'il se barre, il l'appelait tout le temps: «T'as vu ça Dominique?» Il adore partager des articles du *Monde* ou du *Parisien*, surtout si ça parle d'antisémitisme. C'est pour ça que ma mère n'a rien vu venir, elle se sentait aimée par cet homme *needy* et volontaire.
Il écrit beaucoup de textos à Jeanne, sa compagne actuelle. Il sourit dès qu'il reçoit ses réponses. Il appelle aussi souvent

ma petite sœur, Anna. Elle l'envoie balader: «T'as un truc à me dire ou tu veux juste que je te tienne compagnie pendant ton trajet, papa?!»
Il appelle quand il est dans la rue, quand il marche. Puis son téléphone, dans sa poche, nous appelle aussi, tout seul. Il aime décrocher en blaguant: «36-15 Asnières, j'écoute!»
Mon père a seulement deux amis, qu'il voit assez rarement: Joseph, le père de mon amie d'enfance Laurie, à qui il a souvent emprunté du fric, et Claude, le seul qu'il ait gardé de ses années à Lutte ouvrière. On ne l'a jamais rencontré.
Maintenant il a aussi les amis de Jeanne.
Jeanne a une résidence secondaire à l'île d'Arz. Papa y passe beaucoup de temps, même quand elle n'y est pas: il gère les rendez-vous avec le menuisier, s'occupe du jardin. Il adore cette baraque. Il connaît maintenant l'île de fond en comble. On fait de grandes promenades tous les deux. S'il y a un chemin barré par un arbre, il se réjouit de l'enjamber; je le suis, il ne me retient jamais les branches.
— Là, c'est beau. Regarde.
À chaque arbre déraciné qu'il trouve:
— Regarde Rosa, regarde là!
Il aime les chiffres:
— T'as eu combien de *likes* sur ta dernière vidéo? Combien de vues? Et le podcast, combien d'écoutes?
C'était pareil quand je jouais mon spectacle:
— Combien de réservations? Combien de payants? Combien de détaxes? Combien d'invitations? Les payants, ils ont pris le tarif complet ou le tarif réduit?

Quand je lui ai dit que le podcast cartonnait, que j'étais toujours dans le top trois des tendances sur Spotify, il m'a

donné un coup de poing sur l'épaule et a sauté sur place. J'ai hurlé :
— Papa, c'est pas marrant, ça fait mal !
Il riait tout seul, surexcité :
— Mais c'est pour te féliciter, comme quand vous étiez petites !
— Tu m'as fait mal papa, je vais avoir un bleu !
Et lui qui n'écoute pas et gigote, les poings en l'air. Puis, reprenant son sérieux :
— C'est qui les numéros un et deux ?
— En un, c'est *Archewell Audio*, le podcast de Meghan et Harry. Et en deux, c'est *Femmes puissantes* de Léa Salamé. Derrière moi, en quatre, y a RMC. Je suis devant une radio !
Il arrive à murmurer « C'est génial », puis il me montre un nouvel arbre déraciné par le vent :
— Tu vois ?
— Oui je vois papa.
— Tu as cette place parce que c'est pas concurrentiel, y a pas de *business model* viable avec le podcast, pas pour le moment.
— C'est d'ailleurs pour ça qu'il y a autant de femmes.
— NAN.

Toujours NAN ! Même quand il veut dire oui, il commence par NAN. Il ne peut pas s'empêcher de contredire. Quand on était petites, on lui chantait en voiture : « C'est une poupée, qui fait NAN NAN NAN NAN ! » Ma mère riait et il s'énervait. Il défend son NAN : « Nan mais surtout ! <u>Surtout</u> ce qu'il faut retenir c'est… »
Il aurait dû être guide touristique.

Il ramène tout à lui, même quand ça n'a aucun rapport: «C'est comme moi...»
«Comme moi, quand j'ai démissionné de l'UPC, le syndicat des producteurs, à cause de Terzian! Je suis parti avec Paolo Branco...» «Comme moi, quand je n'ai pas eu la Palme d'or pour le Lou Ye à cause de Wong Kar-wai, qui présidait le jury cette année-là...»
Il s'aime. Il fait son autobiographie chaque matin, au petit déjeuner. Et c'est reparti... Et que ses parents parlaient yiddish, que le français n'est pas sa première langue et qu'il était dyslexique et dysorthographique, mais qu'à l'époque il n'y avait pas d'orthophoniste, et qu'il a dû redoubler le CP...
Puis il me montre:
— Tu vois Rosa, regarde, je mets du fromage frais sur le pain à la place du beurre, c'est moins calorique.

Les pets

Je me demande pourquoi on pète. Mon oncle Jacques dit que, dans la religion juive, on porte une kippa en signe d'humilité, pour se rappeler que Dieu est toujours au-dessus de nous (et ne pas prendre le melon). Sauf que, pas besoin d'une kippa, la nature est bien faite: on pète.

Le pet a cet effet positif: il met une limite à la vanité. Tout le monde pète et c'est toujours ridicule, ce son de trompette involontaire qui vient des fesses; ses variations, du grave à l'aigu.

C'est un peu comme une punition. Un avertissement, qui nous rappelle notre vulnérabilité essentielle. On pète pour ne pas se la péter.

Moi, ça me le fait souvent. Pas de péter (!), mais que la vie me dise: «Calme-toi, calme ta joie», quand j'aurais tendance à trop prendre la confiance. Une fois, je suis tombée dans la rue, je sortais de la salle de sport. Je m'étais bien dépensée, j'étais fière de moi. Je me suis dit: «Je vais rentrer à la maison EN JOGGANT.»

Or je ne sais pas jogger. Je me lance, écouteurs branchés, la musique dans les oreilles. Le rythme entraînant d'une chanson me donne envie de courir, et là BAM, je trébuche en avant et m'écrase la gueule au sol. Pile à ce moment, un groupe de jeunes arrive. Ils explosent de rire. Un couple se précipite vers moi. L'homme m'aide à me relever et la femme les réprimande: «C'est pas drôle! Ça va mademoiselle, vous allez bien?»

Je me relève, les mains, les genoux légèrement éraflés, et murmure: «Si si c'est drôle.»

Le couple me regarde bizarrement, je repars sans courir et change de musique.

Ça m'arrive tout le temps.
J'ai perdu une dent à un dîner chez des amis, Dylan et Maryam, alors qu'on débattait sur je sais plus quoi, probablement les limites de la liberté d'expression, Charlie... Je devais être en train d'asséner: «On doit pouvoir caricaturer le Prophète!» quand POUM mon implant droit se fait la malle.
Une autre fois, je me suis pris un rétro de bus dans la tronche.
C'était en septembre ou octobre 2018. J'essayais d'oublier Édouard. Je n'y arrivais pas, j'étais encore très amoureuse. Je mourais d'envie de lui écrire, l'appeler, lui dire: «C'est maintenant. Viens! Après ce sera trop tard. Je t'aime.»
Mais il avait décidé que ce ne serait pas possible, et moi je suppliais: «Alors disparais et si je t'appelle, ne réponds pas, laisse-moi, tu me fais mal, tu me fais du mal.»
J'essayais de tenir cette position mais ça n'allait pas du tout, je voyais mon psy en urgence, j'hésitais à reprendre des antidépresseurs. Et puis je reçois un message de mon agent: «Tu es prise pour le court-métrage de Cyprien! Pas besoin de passer le casting, ils te veulent toi, c'est un super rôle. Je t'envoie le scénario.» Je m'apaise. Je me sens choisie. Je me regarde dans le miroir: «Tu vois, Rosa, parfois la vie c'est facile aussi.»
Je suis dans la rue, j'écoute de la musique, j'accélère le pas, me sens plus légère. Je ne vois pas le bus qui arrive à toute vitesse. Le rétroviseur noir me cogne violemment au front, et le choc me fait tomber par terre.
Toujours, punie.

Les dents de lait

J'ai des dents de lait, sans dents définitives en dessous.
J'ai gardé les dents de l'enfance (quatre dans mon cas) très longtemps.
Elles sont toutes petites.
Je les ai remplacées à l'âge adulte,
par de fausses dents.

La vocation

1998. Je suis en CE2. C'est l'année où mon père produit *Le Cercle parfait*, un film d'Ademir Kenovic sur la guerre en Bosnie. Il fait souvent des allers-retours entre Sarajevo et Paris.
Ma mère, elle, m'accompagne lors des sorties scolaires. Toutes les mères adorent le maître des CE2, monsieur Bonnard, un grand type brun, musclé, qui préfère «nous montrer la nature plutôt que nous enfermer dans une salle de classe». Je ne suis pas fan de ces excursions en plein air. L'odeur de l'herbe coupée me donne envie de vomir. Je n'aime pas l'activité physique. Je voulais faire de la danse classique, mais la dame a dit à ma mère devant moi: «Votre fille n'a pas l'apparence adéquate, elle va déséquilibrer mon ensemble.»
Le midi, pour ne pas rester seule dans la cour, je vais au club d'échecs ou à la bibliothèque. J'aime *Alice détective* et les BD *Lucky Luke*. Le bibliothécaire ressemble à un clochard mais il est très gentil.

Mes parents se rendent bien compte que leur fille aînée est très solitaire. Un jour, ils me surprennent en train de jouer avec les cordons des rideaux du salon: je les mets autour de mon cou et je serre. Ils décident de prendre rendez-vous avec une psy pour enfants, madame B.
Elle a un joli cabinet, près du square du Temple.
— Est-ce que tu sais pourquoi tu es là, Rosa?
— Oui, parce que je suis un peu enveloppée.
Je passe une heure avec madame B. et lui raconte ce que mes parents m'ont dit: les parents de mon père sont tous les deux morts, ma mère s'est disputée avec son père qui battait ses frères: il les emmenait à la cave et les frappait avec une ceinture. Comme BD, je ne lis pas que *Lucky Luke*, je lis aussi *Maus*: les juifs sont des petites souris. Je l'ai déjà lue mais je le relis encore une fois.
À la fin de la séance, madame B. appelle ma mère: «Rosa a un retard émotionnel et une précocité intellectuelle.»
Mes parents m'expliquent que «précocité intellectuelle» c'est parce que j'utilise déjà des mots de grands et «retard émotionnel» c'est parce que j'ai des difficultés à me faire des amis.
Pour me sociabiliser, ils m'inscrivent à un cours de théâtre pour enfants, le Cours Simon.
La magie opère instantanément. Dès que je monte sur scène. Je ne suis plus moi, je n'ai plus à porter ce fardeau. Je suis un personnage, puis un autre, puis un autre.
Jouer et apprendre des textes par cœur me donne envie d'écrire. Je démarre mon premier journal intime. J'y révèle mes sentiments pour un garçon de ma classe.

TOP SECRER

ROSA

Je m'appelle Rosa, je suis très timide, j'ai pourtan un chat.

Je suis très amoureuse de Thomas Legal.

C'est top secrer.

Jes peur de dir à Thomas mes je rêve de lui.

TOP SECRER

ROSA

Je pence sans arai à Thomas Legal. Lui, il mignior.

On es mercredi, je sui acoté de mon chat Max qui dor. On et en février.

J'aimerai etre la copine de Thomas Legal mai je ni arive pas.

TOP SECRÉ

Je ne me sen pas très bien dans ma peau, je suis un petit pe enveloppé mé les autre sont maigre. Je voudrai le dir à mes paren mai jai peur qui me dis «ta cas fair un régime et ne plu manje de bonbon». Je vouler être maigre pour plair à Thomas Legal.

TOP SECRÉ

On est samedi, je me sen seul. J'aimerer aller cher une copine mai la quelle?

TOPE SECRET

Nous somme en août, je suis seule dans ma chambre. Je suis très triste alors j'écoute de la musique, sa me fait pensé à Thomas Legal.

J'aimerai tan qui maime. Mai il aime Flore et Juliette. Je suis triste.

Jaime Thomas.

J'aimerai que Thomas maime pour de vrais, pas un génie qui le fasse ou allor quil soi mon meilleure amie, après je me débrouillerai.

Je ferai tout pour quil soit dans ma clase l'année prochène.

TOP SECRET

Nous somme jeudi, je devrer être à l'école mai je suis malade. J'ai la grippe, je m'enui pas tros mais je pense à Thomas. Nous sommes en novembre 1998, je suis en CM1.

J'aimerai tant qu'il soit dans ma classe, deja que l'année dernière il n'y était pas.

Je me sen seul.

TOP SECRET

Je pense de moin en moin à Thomas et au fur et à mesur, je l'oubli.

Mai il a toujour une place dans mon cœur.

TOP SECRET

ROSA

Je vais éssèyé maintenent d'écrire tous les jour mon journal intime.

Bon, en revenant à Thomas, je l'ai pratiquement oublier mais je ne l'aime plus, il est tros violent et de toute facon, il ne m'aiment plus.

Je vais desiner la liste des garcon que je trouve mignon: Thomas Legal, Mathias Lebel, Antoine Gras... Voici ces trois garcons que je trouve mignions.

Pour être franche, je trouve toujour Thomas mignon, mais il ne m'aime pas.

Ma rentrée en sixième

Mes parents avaient fait une domiciliation pour que j'entre en sixième au collège Montaigne: «Si on te demande ton adresse, tu ne donnes pas la nôtre, rue du Sentier, mais celle de Claudie: 5 rue Sainte-Beuve.»

Je m'habituais à écrire: Rosa Bursztejn (à l'époque je n'avais pas remplacé le «j» par un «i»), 5 rue Sainte-Beuve, 75006 Paris.

75006 Paris.
75006 Paris.
75006 Paris.
Je prenais le RER B seule, mon père avait fait le trajet avec moi plusieurs fois en me répétant: «Je te fais confiance.» Je marchai donc, le jour de la rentrée, du 26 rue du Sentier au métro Les Halles. Les Halles, Saint-Michel, je descends à Luxembourg, sortie 4: rue Auguste-Comte. Quelques mètres et me voici arrivée à Montaigne.
Tous les enfants sont réunis dans une immense salle de l'aile droite. Brouhaha, certains se connaissent de la primaire rue Littré ou de celle rue Madame. Je ne connais personne. Je viens de la Jussienne. Je suis extrêmement intimidée, j'ai le cœur qui bat fort. On s'assoit sur des bancs en bois: «Silence!» La proviseure va dire nos noms et former les classes.
Quand j'entends le mien, je me lève et suis un groupe d'une trentaine d'enfants, rassemblés autour du professeur principal. On va dans une classe et il nous donne le règlement, ainsi qu'une liste de fournitures. Puis la CPE passe dans notre classe pour se présenter: «C'est ma dernière année à Montaigne et je compte bien faire respecter la loi. Il y a des règles dans un collège, et la première est celle d'arriver à l'heure! Je n'aurai aucune tolérance pour...»
À ce moment-là, mon portable sonne.
C'était le tout début des téléphones portables, ils étaient gros, lourds; mes parents avaient décidé de m'en acheter un: «Comme ça, si tu te perds, s'il t'arrive quoi que ce soit, tu peux nous appeler.»
Je ne m'étais pas entraînée à l'utiliser et ne savais pas comment l'éteindre. Au moment où il sonne, je mets du temps

à comprendre que c'est moi. Je deviens rouge et n'ose pas bouger, j'espère que la sonnerie va s'arrêter, mais au contraire elle redouble d'intensité.
La CPE fulmine: «QUI A UN TÉLÉPHONE?!»
Comme un chien qui reniflerait de la drogue, elle suit le bruit et arrive jusqu'à moi. J'ai les larmes aux yeux, je les retiens de toutes mes forces.
«DONNE.»
Tous les enfants me dévisagent la bouche ouverte. La sonnerie persiste, infernale. J'ouvre mon cartable et vois: *appel entrant, maman.*
La CPE m'arrache le téléphone des mains: «Dans mon bureau!»
Je la suis sous le regard impassible du professeur principal. Les enfants n'ont pas refermé la bouche.
«TU ATTENDS LÀ! T'ES PAS PRÈS DE LE RÉCUPÉRER TON TÉLÉPHONE, CROIS-MOI.»
Il y a un petit banc devant son bureau. Elle claque la porte, je m'assois et pleure.
Quelques minutes plus tard, elle ouvre enfin: «ENTRE.»
Je me tiens debout, elle est assise sur sa chaise à roulettes. Entre nous, son bureau, et au milieu, comme l'arme d'un crime: mon portable.
— Pourquoi as-tu un téléphone?
Elle ne hurle plus mais son ton me glace le sang.
— Je... j'ai un téléphone pour appeler mes parents.
— Pourquoi aurais-tu besoin d'appeler tes parents?
— Au cas où je me perds.
— Au cas où tu te perds?
— Au cas où je me perds, dans le métro.
— Pourquoi tu prends le métro?

— Pour rentrer chez moi.
— Pourquoi tu prends le métro pour rentrer chez toi?
Je craque, je déballe tout, je donne ma véritable adresse: «J'habite rue du Sentier, dans le 2e.» À ce moment-là, elle sourit étrangement et me dit très lentement: «Tu sais que tu voles la place d'un enfant du 6e arrondissement? Tu voles la place d'un autre enfant.» Je ne sais pas quoi répondre, j'ai honte, je n'étais pas au courant pour cet autre enfant. Je baisse les yeux et vois le cadran du téléphone portable où s'affiche: *10 appels en absence, maman.*
La CPE appelle mon père pour qu'il vienne me chercher. Elle le convoque dans son bureau. Ils parlent tous les deux, puis elle m'appelle: «Tu peux revenir Rosa.»
Quand j'entre je ne reconnais pas mon père, il a la bouche plissée, les yeux très sombres. Il me dira plus tard: «C'est la première fois que je me suis retenu de cogner quelqu'un.»
La CPE a un air satisfait, elle déclare:
— Rosa, je me suis entendue avec ton père. Nous allons te faire une place à Montaigne. Si tu as de bonnes notes, tu restes. Sinon... c'est la porte! Tu as intérêt à bien travailler.
— D'accord.
Sur le chemin du retour mon père ne parle pas, il est humilié. Je pleure de nouveau, il ne me console pas. Je le supplie:
— Je ne veux pas y retourner, je t'en supplie papa, je ne veux pas retourner à Montaigne.
Il répond simplement:
— Tu y retournes. Demain.
Quand je raconte l'histoire à ma mère le soir, elle me prend dans ses bras, s'excuse:
— Pardon ma chérie, pardon, j'étais inquiète!
— Je ne veux pas y retourner, maman, je t'en supplie!

Elle regarde mon père:
– Et si elle n'y retournait pas?
Mon père réaffirme:
– Tu y retournes. Demain.

Les otites

Chaque été, j'avais des otites. L'eau restait coincée dans mon oreille: «l'otite du baigneur». Chaque été, ma mère me disait: «Rosa, ne plonge pas! Nage en brasse, ne mets pas la tête sous l'eau!»
Et chaque été, je désobéissais. Je disparaissais sous l'eau pour la sensation de liberté, froide.
À part ça, je ne désobéissais pas à ma mère. Je ne désobéis pas à ma mère.
Je n'ai pas fait de crise d'adolescence. J'étais une enfant difficile, boudeuse, renfermée. Mais une ado plutôt sage, enfin non: disciplinée. Violente dans mes émotions, mais jamais violente contre ma mère.
Je voulais la rendre heureuse.
On a toujours été extrêmement complices. J'ai appris l'italien pour le parler seule avec elle. C'était notre langue à nous, contre mon père qui s'énervait, ne comprenait rien, nous demandait d'arrêter, *ma non ci fermiamo*[1].
Un soir, ma mère est montée dans ma chambre, s'est assise sur mon lit et m'a dit: «Tu auras une vie exceptionnelle.» Elle était émue, peut-être qu'elle avait un peu bu. Je n'ai

1. Mais on ne s'arrêtait pas.

rien répondu mais ça m'a marquée et je me suis imprégnée de cette phrase: j'aurais une vie exceptionnelle, j'étais exceptionnelle.
J'avais de bonnes notes pour lui faire plaisir.
Ça me faisait plaisir, à moi d'abord, bien sûr, mais la bonne note ne servait à rien, n'existait pas si elle n'était pas *montrée*. La bonne copie prenait vie dans les mains de ma mère, dans ses yeux émerveillés.

Je suis l'enfant préférée de ma mère

Ma mère n'a pas réussi à aimer ma petite sœur autant que moi. Ma petite sœur est l'enfant préférée de mon père. Ils ont chacun leur version: ma mère vous dira qu'elle me couvait parce que mon père était extrêmement dur avec moi, l'aînée, mais indulgent avec Anna, la cadette. Mon père vous dira qu'il se devait de compenser, d'équilibrer: le «trop» pour moi et le «pas assez» pour Anna.

Tous deux diront qu'ils nous ont protégées de l'autre.

Liste des choses désagréables

– Le bruit de la perceuse, quand les voisins font des travaux. Les bruits de bagnole aussi. Les connards en moto qui vont à toute berzingue.
– Sortir du lit le matin.
– Avoir rendez-vous avec une conne qui a une voix vulgaire. Sa connerie te fait sentir seule.
– Les amis qui rient fort à leur propre blague, sans toi. Leur rire aussi te fait sentir seule.
– L'odeur de salade pourrie dans les tuyaux de ta cuisine, l'été, qui te fait sentir pauvre. Tu camoufles la puanteur avec le spray Puressentiel assainissant.
– Les gens intéressés, qui t'appellent uniquement pour te demander des services. Tu voudrais leur répondre: «Nique-toi.»
– Se masturber longtemps sans réussir à jouir.
– Porter une combinaison qui ferme dans le dos et ne pas réussir à remonter le zip.
– Se sentir grosse à la plage. Toutes les autres sont minces dans leur maillot.
– Se sentir grosse dans une cabine d'essayage. Tu pleures et tu te dis que c'est la lumière et ce jean «qui taille petit».
– Apprendre que quelqu'un qui te plaisait s'intéresse à une autre. La vie te paraît inventée. Inventée pour d'autres.
– Les gens qui arrivent les mains vides. Ou qui t'offrent des cadeaux inutiles. Super, une bouée géante, j'en aurai grave l'usage, merci.
– Les acteurs qui postent leur bande-démo à jour, sur Facebook. Quel enfer.
– Les gens qui croient en l'énergie des pierres.

— Les gens qui regardent TPMP et VTEP.
— Les gens riches qui ne t'invitent pas à dîner. Ils gagnent dix mille boules par mois et proposent: «On fait deux cartes?»
— Les gens en Blablacar, qui veulent faire connaissance. Tu as neuf heures de route.
Ils apprennent que tu es comédienne: «C'est difficile? Faut coucher, nan? Elles couchent toutes, nan? Les actrices? Après elles racontent qu'elles se sont fait violer, mais elles étaient bien contentes de coucher, nan?»
Ils apprennent que tu es humoriste: «FAIS-NOUS UNE BLAGUE, LÀ, ALLEZ! AH MOI J'EN AI DES BONNES, AVEC CE QUI M'ARRIVE AU BUREAU!»
— L'injonction à la bienveillance.
— Les beaufs et les snobs. Qui sont en général la même personne: les beaufs font peur parce qu'ils ne remettent pas en question leur beaufitude et les snobs, eux, ont tellement peur de ressembler aux beaufs qu'ils surjouent un intellectualisme crispé.

Dick pic

Coup de vieux: la *dick pic* de Valentin. Je me suis vraiment dit: «Putain, les jeunes, ils ont pas peur.» Valentin, sept ans de moins que moi, a été le premier à m'envoyer des photos de sa bite. Aucun mec ne l'avait fait avant.
Je l'ai rencontré en boîte à La Machine en décembre 2019 et revu en décembre 2020. Avec les confinements, tu racles le fond du tiroir des ex, faute de pouvoir faire de nouvelles rencontres. Les *dick pics* de Valentin m'avaient toujours

fait rire. Elles arrivaient très vite après un ou deux selfies de lui en train de se mordre les lèvres. Il m'écrivait: «Tu fais quoi là? T'es chaude? Tu portes quoi, petite jupe? Petit décolleté? String? Soutif transparent?»
J'entrais dans son jeu en lui envoyant une photo de ma poitrine, en essayant de mettre un peu de suspense, un peu d'érotisme: poitrine d'abord cachée sous un tee-shirt, puis juste le soutien-gorge, puis sans le soutien-gorge, mes mains dissimulant en partie mes seins... Ce à quoi il répondait par: «Envoie une photo de ta chatte, je veux voir ton petit tiquet.» Et là, je refusais. C'est ma limite, pas envie, je trouve ça moche, je trouve ça trop ridicule, ma pauvre petite zézette!
Le 22 décembre 2020, à 23h43, j'ouvre mes DM et tombe sur une *dick pic* de Valentin. Je cœur mais lui écris: «Laisse-toi pousser les poils de bite!» Il s'est tout rasé, typique de la génération Z. Au moins, ça égalise avec les femmes *millennials*, comme moi, qui avons tout épilé.
Il me répond: «Ah oui? Tu préfères? Genre je laisse tout?»
Moi: «Grave! Laisse tout! C'est plus viril!»
Lui: «Mdr je savais pas que c'était excitant. T'es la première à me dire ça. Envoie-moi une photo de tes seins que je me masturbe dessus.»
Je lui envoie simplement une photo de mon décolleté avec: «Pas plus pour ce soir! Bonne nuit! Et laisse-toi pousser les poils!»
Il répond: «Tu les verras ok 😘»
Je cœur le message.
Le lendemain matin, au réveil, surprise, j'ai droit à une vidéo de lui qui se masturbe, prise dans l'angle sous les coucougnettes. Et il a dû penser qu'il n'avait pas assez de poils sur

les testicules parce qu'il m'a envoyé une seconde vidéo, filmant la partie des testicules à l'anus, avec zoom sur l'anus et beaucoup de poils, en effet.
Ça m'a pas du tout excitée. Ça m'a répugnée. Je venais de me lever, j'ai eu envie de vomir. Je me suis demandé: «Ça devrait me faire quelque chose? Suis-je *so boomer*?» Je ne sais pas si on est censé voir d'aussi près l'anus de quiconque hors cadre médical. Je pense que les fois où je me suis trouvée géographiquement proche d'un anus, j'ai fermé les yeux.
Peu de temps avant, j'avais recouché avec Théo, un YouTubeur rencontré vers novembre 2019 à La Java, puis mis au frigo et décongelé en septembre 2020, le temps de quelques plans cul. Théo m'avait fait comprendre qu'il se questionnait sur la prostate et qu'il aimerait bien «se prendre un doigt un jour, pour essayer». Durant l'un de nos rapports, j'avais approché la main et il s'était crispé: «Nan, nan, touche pas!» J'avais pas insisté, ça ne me branchait pas des masses non plus. On avait passé la nuit ensemble mais le lendemain matin, au moment de se dire au revoir, il avait refusé de me faire un câlin.
Théo et Valentin ne sont pas très sympathiques. Ils sont tous les deux très beaux, mais ce sont des goujats. Dès le premier soir, Théo m'avait déballé ses conquêtes: «Avec Marie c'est fini, mais je crois qu'il se passe vraiment un truc entre Clara Luciani et moi, on se tourne autour, on se cherche...» J'étais deg, pas jalouse, au contraire! J'adore Clara Luciani, ça me faisait chier de plus pouvoir écouter *La Grenade* sans penser: «Sérieusement, elle s'intéresse à ce type?!»
Quand j'ai appris qu'elle sortait avec Alex Kapranos, le chanteur génial de Franz Ferdinand, j'ai pu réécouter *Les Fleurs*, *La Baie* et *On ne meurt pas d'amour* en toute tranquillité.

Set du câlin (stand-up)

J'ai couché avec un gars, qui a refusé de me faire un câlin.
Et c'était avant la distanciation sociale, les gestes barrières!
Comme quoi je lance des *trends*, je prédis l'avenir!
On passe la nuit ensemble et le lendemain matin, au moment de partir, je suis devant sa porte. J'ai mon manteau et j'suis là: «Bon bah... Au revoir?» Et comment se dire au revoir? Oh, eh bah, <u>CÂLIN?!</u>
Et là le gars me fait: «Nan.»
Et... j'ai pas compris. Ça m'a ramenée tout droit au collège, en sixième, quand je me faisais traiter de fayotte: «Rosa elle a pas d'amis! Rosa, sa seule amie, c'est madame Fleurance! Eh bah <u>Rosa elle SUCE madame Fleurance, pour avoir des meilleures notes!</u>»
Pareil! Même sentiment.
Parce que là j'avais envie de lui dire: «Gars! <u>Je t'ai sucé si longtemps! Fais-moi un câlin?!</u>»
Et j'ai bloqué quoi, j'étais devant sa porte et j'me disais: «Rosa, défends-toi! Trouve un truc à lui dire! Est-ce que je lui dis: "Eh eh eh gros fils de pute, tu me fais un câlin ou <u>je vais niquer ta mère?!</u>"»
Eh non... c'est pas trop ma vibe! <u>Je porte des peignoirs écossais.</u>
J'ai juste bredouillé: «Si tu veux pas me faire de câlin, moi j'veux pas te faire de câlin... Moi je voulais pas, de base, je croyais que c'était toi qui voulais faire un câlin... ET MADAME FLEURANCE, ELLE DONNAIT BEAUCOUP DE DEVOIRS, MAIS <u>C'ÉTAIT POUR QU'ON PROGRESSE!</u>»
Et bon... T'as demandé un câlin... On t'a refusé un câlin... La dignité, elle est partie, hein! Elle a fait *tchusss bye bye*, ça sera tout pour moi!
Et tu peux pas remonter, par contre tu peux encore t'enfoncer!
Comment? <u>En demandant une explication.</u>
<u>C'est ce que j'ai fait.</u>

Je lui ai dit: «Mais pourquoi? Pourquoi tu veux pas me faire de câlin?!» Et là, le gars me répond: «Bah parce que, si je te fais un câlin, tu vas vouloir qu'on reken et moi je peux plus hin hin hin…» La prétention! Mais peut-être qu'il avait un peu raison? Peut-être que j'avais encore un peu envie de ken… Parce que j'avais pas joui! Oooooooh 31 ans, ma lanterne s'éclaire! J'comprends des trucs! Pourquoi j'avais pas joui?! Parce que le jeune homme m'avait fait un cunni de… trente secondes!
Ah nan! Nan, nan, nan! Faut pas faire ça, nan! À aucun moment! Trente secondes, ça compte pas, trente secondes, ça existe pas, trente secondes… c'est un vote blanc! Cunni de trente secondes… Et tu te dis de gauche! Ah ah ah ah ah! La blague.
Trente secondes, c'est vraiment histoire de se donner bonne conscience: je mange la pizza mais pas les contours, huhu!
Et moi, ça m'a rendue facho cette histoire, j'suis partie loin, j'ai élargi le problème: nan mais en fait ce pays va mal, la France, pays de feignants! C'est quoi, la grève du cunni maintenant aussi? Nan mais sérieux, les gars, vous allez vous mettre au boulot?! C'est quoi après?! La retraite de la branlette, les RTT de la levrette? Le missionnaire en chômage partiel? La pipe en télétravail? Les congés payés d'la sodo?! WOOOH!

On top

C'est grâce à des comptes Instagram sexo que j'ai découvert à quoi ressemblait le clitoris et que tout plaisir était clitoridien. Avant Insta, les magazines séparaient les femmes en deux catégories: «les vaginales», les chanceuses d'un côté, et «les clitoridiennes», les relous de l'autre. Et les copines n'étaient

pas spécialement rassurantes. Maryam se vantait: «Moi je suis vaginale (gnagnagnagna). J'ai des orgasmes à chaque rapport!» J'en déduisais avec une certaine amertume que j'étais clitoridienne, et que je ne réussirais donc jamais à avoir un orgasme en faisant l'amour avec un homme. Laurie m'avait dit: «MAIS SI! QUAND T'ES SUR LUI, EN AMAZONE, TU TE FROTTES! TU FROTTES TON CLITO!»
Je n'y arrivais pas.
Je n'y arrivais pas avec mes histoires d'un soir et je n'y étais jamais arrivée avec aucun petit copain. Je n'étais pas forte dans cette position *on top*, j'étais mal à l'aise, avec les seins qui ballottent, et puis je ne trouvais pas le bon rythme ni comment me tenir sur le sexe de mon partenaire: droite? penchée? en avant? en arrière?! J'avais peur de lui faire mal et surtout peur de sa réaction si je lui faisais mal.
Ça allait s'il reprenait les rênes et gérait, lui, le rythme.
J'aimais être dessus mais quasi allongée sur lui, là c'était agréable, presque maternel, l'impression bizarre de redevenir un bébé, un bébé à qui on fait l'amour.
Mais chaque fois que le mec s'accrochait à mes fesses pour gérer le va-et-vient, je ne pouvais m'empêcher de penser honteusement: «J'ai un cul énorme, j'espère que ça ne le dégoûte pas trop.»

L'ubérisation des rapports amoureux

Les gars de mon âge... Déjà, le gars de mon âge, il veut pas encore s'engager, toujours pas! T'es pas plus jeune que lui, t'es une zouz parmi taaaaaannnnt d'autres! Et plutôt moins bien gaulée que

les autres. Il aime les meufs à la peau mate, avec un bon petit boule moulé dans un bon petit jean, avec le petit tatouage dauphin à la cheville… C'est pas moi! Je porte des culottes de règles. Tous les jours!
L'homme marié-papa-fatigué, incapable de se remettre au tennis à cause d'un genou luxé, peinant à payer ses deux séances de psy par semaine et qui pleure, dans sa bagnole, en écoutant Radio Classique, lui est prêt à te vouer un culte, à t'aimer follement!
Or moi je suis réac. Enfin réac…
J'ai fait toute ma scolarité dans le public, je donne mes pulls troués à Emmaüs, je passe ma vie dans les transports en commun… Je suis de gauche? Je suis la gauche caviar… sans le caviar. La gauche tarama!
MAIS je suis réac, dans le sens: j'aime la galanterie! Le vieux te tient la porte, passe après toi, t'aide à retirer ton manteau. Il t'envoie de longs mails, qu'il finit par: «Je t'embrasse là où tu sais.»
Le jeune répond deux heures après à ton texto, ou pas du tout, il te «ghoste». Enfin pas vraiment, c'est de l'«orbiting». Il se met en orbite, te surveille de loin en regardant tes stories Insta, sans pour autant réagir. Pas d'émoticône cœur, flamme, clap de mains qui applaudissent, NON, RIEN! T'es qu'un mini-trophée, une actu-souvenir dans la poubelle virtuelle qu'il n'a pas encore vidée, contrairement à ses couilles!
Donc ça sert à rien que j'aille à des fêtes de jeunes pour trouver l'amour! Je vais aller dans des maisons de retraite! Demain, direction l'Ehpad! Oh bah non: ils sont tous morts!

Mes fans

Le titre est assez prétentieux... C'est pas vrai, j'ai pas *des* fans, j'ai UNE fan: Stéphanie.
Elle m'a contactée sur Instagram lors du premier confinement.
Le 18 mars, Stéphanie m'envoie: «J'ai adoré ton live de ce matin, hâte de voir le prochain, d'ici là prends soin de toi Rosa, bisous 😘»
Je cœur et réponds par les émojis love + gratitude: 🙏❤️
Les deux jours qui suivent, elle réagit pratiquement à toutes mes stories par des 😮🔥👏😍😂
Le 21 mars, elle m'écrit de nouveau: «Coucou Rosa, j'ai pu regarder qu'une petite partie de ton live car juste après on m'appelait pour me dire que ma meilleure amie a été hospitalisée, elle a le corona, ils ont dû l'intuber... Elle est dans un état assez critique 😔🙏 Je peux même pas te dire dans quel état je suis, heureusement j'ai mes enfants... Je serai là demain pour ton prochain live si je n'y pense pas trop, je ne fais que pleurer. Je te dérange pas plus, je t'écris tout ça pour te dire merci, car tu es là pour me changer les idées. Bonne soirée à toi Rosa, à demain, bisous.»
Je faisais des IG live, des vidéos en direct avec des potes humoristes, où on débitait principalement de grosses conneries. J'étais peu suivie, par rapport aux lives de Camille Lellouche, Inès Reg, Angèle... où des milliers de personnes se connectaient.
Je recevais assez peu de messages, ne me sentais pas du tout harcelée. J'ai donc été très émue en lisant le DM de Stéphanie et lui ai répondu: «Tu ne me déranges pas du tout, je pense très fort à toi. C'est une situation extrêmement difficile mais ne perdons pas espoir, nous sommes en France avec de bons

médecins, je ne suis pas croyante mais je prie notre personnel soignant pour qu'il sauve ta meilleure amie 🙏🙏🙏»
Elle me remercie et continue de réagir à mes stories les jours suivants, tout en ponctuant ses messages par des recommandations: «Tu devrais aussi aller sur TikTok, tu es tellement drôle», et des questions: «Alors, ce live? Comment ça va aujourd'hui? Quel est ton prochain invité?», auxquelles je ne réponds pas.
Le 31 mars, elle m'écrit: «Coucou Rosa, ma meilleure amie est décédée tôt ce matin, je suis bouleversée. On se connaissait depuis treize ans maintenant, c'était la marraine de ma fille Tina, on a vécu tellement de choses... Sa folie et sa joie de vivre vont réellement me manquer, mon moral en prend un sacré coup 😔»
Je suis horrifiée par son message mais ne sais pas quoi lui répondre, je ne la connais pas! Je lui écris juste: «Je suis tellement triste. Je t'envoie toutes mes condoléances, je suis sans mot. Quelle tristesse...»
Je suis sincèrement affectée, je continue d'échanger avec Stéphanie les jours qui suivent et en parle à une journaliste du *Parisien* qui m'appelle pour savoir comment se passe la transition du confinement, pour les humoristes, de la scène aux réseaux sociaux. Elle me cite dans son article: «Je n'aurais pas imaginé un tel retour, un tel impact. J'ai réalisé que je faisais du bien aux gens comme cette femme qui m'a bouleversée en m'écrivant qu'elle avait perdu une amie et qu'elle réussit à sourire avec moi. C'est très, très fort en émotion.»
Je partage l'article en story et Stéphanie réagit immédiatement, avec des mots d'amour. Le 8 avril, toujours en réponse à une story humoristique, elle m'écrit: «Y a vraiment que toi qui réussis à me faire rire en ce moment... Et rien que pour ça, je te remercie car j'en ai bien besoin 🖤»

Je lui renvoie: «❤️❤️❤️»
Ce type d'échanges s'étale sur des mois: mai, juin, juillet, août...
Le 2 septembre, Stéphanie répond à une story où je partage l'affiche de mon spectacle: «Tellement hâte de te voir sur scène ma Rosa, je fais exprès la route pour ça ❤️❤️»
Je suis hallucinée: «Mais non?! Génial! Tu seras là le 9 pour la première?! On ira boire des verres après la représentation, je suis hyper touchée!»
Mais elle tempère: «Oh ma poulette [le "poulette" me fait bizarre], j'aurais tellement aimé mais malheureusement, je reprends la route le soir même car mon mari bosse le lendemain et comme nous n'avons trouvé personne pour garder les enfants, il a posé exprès deux jours 😔 Mais moi j'ai bien envie de te voir et te féliciter de vive voix donc si tu es libre et si ça te dit, je peux revenir le week-end d'après et on ira se les boire ces verres ❤️❤️»
Je ne la vois pas à la première mais accepte ses félicitations, bien que me sentant un peu coupable quand elle mentionne ses sept heures de route pour venir me voir. Elle ne vient pas le week-end d'après, me dit qu'elle veut revoir le spectacle, qu'elle sera là le 16, et finalement annule car sa fille Tina a été hospitalisée. Je lui souhaite bon courage. Elle me dit qu'elle revient le 24 octobre pour aller à Disney avec sa grande et me propose de les accompagner.
Je ne réponds pas.
Les semaines qui suivent, Stéphanie continue de réagir à mes stories – où je raconte ma *life*, révèle une grande partie de mes habitudes, mes goûts, mon intimité – en me complimentant: «Tu es géniale», ou en me posant des questions: «Alors Rosa, la méditation? Tu as dit que tu avais essayé, ça te plaît?»

Je parle de Stéphanie à Adrienne qui me conseille de ne plus répondre désormais aux personnes qui m'écrivent sur Instagram. Pour Adrienne, Stéphanie est certainement mythomane.

Le 16 octobre, je reçois ce DM de Stéphanie: «Coucou Rosa, j'ai longuement réfléchi avant de t'en parler, je n'ai vraiment pas envie de t'embêter avec mes messages... Mais étant quand même assez proche de toi depuis le décès de ma meilleure amie, c'est surtout grâce à toi si j'ai pu continuer à avancer jusqu'à présent. Alors voilà, il y a quelques jours j'ai passé une mammographie, suivie d'une échographie et d'une biopsie. Ce matin les résultats sont tombés et j'ai une lésion cancéreuse. Ma vie a basculé. Je me retrouve complètement perdue et angoissée, je ne sais pas comment tout ça va se passer, moralement c'est très dur. Enfin voilà, je tenais à partager ça avec toi car tu le sais, tu comptes beaucoup pour moi, je te le dis aujourd'hui, je te considère comme une amie ❤️»

Je n'arrive pas à suivre le conseil d'Adrienne, je réponds à Stéphanie: «Je suis désolée de cette nouvelle. Je te souhaite de profiter de tout l'amour de ton mari, de tes enfants et de tes proches, il faut beaucoup de force pour cette épreuve, courage, ça va aller!»

Elle me remercie, puis c'est la même litanie les semaines suivantes: elle s'extasie de me voir passer sur BFMTV, répond à une de mes blagues sur les hommes par «Ok alors à partir de maintenant je vais te bombarder de je t'aime 😂😂😂».

Le 8 janvier 2021, Stéphanie crée un compte rosa.fan où elle partage deux photos de moi avec la légende «Si belle ❤️», ainsi que l'une de mes vidéos. Je ne m'abonne pas au compte, ne vais pas liker ni commenter ces posts.

J'essaie de mon côté de gérer ma propre addiction à Instagram et à ces fameuses pluies de cœurs venant d'inconnus. «Pluies», j'exagère. Mais je reçois de plus en plus de DM, rien de dérangeant, presque que de la gentillesse, des encouragements. De temps en temps, je reçois également des messages désagréables, des retours négatifs sur mon podcast. Alors quand les retours sont adorables, je ne peux m'empêcher de dire merci en 🙏🖤

Dimanche 24 janvier, Stéphanie m'écrit: «J'espère que tu vas bien Rosa? Avec plusieurs jours de retard, je tiens à te féliciter pour ton tout premier contrat d'écrivaine. Même si je ne suis pas très heureuse en ce moment, sache que je suis tout de même très contente pour toi et j'espère pouvoir te lire bientôt. Je ne suis pas très présente en ce moment sur Insta car j'ai perdu l'une de mes filles lundi... C'est seulement ce matin en ouvrant mon Insta que ta publication est apparue et je tenais à t'envoyer ce message. Je t'embrasse et prends bien soin de toi.»

Je sais ce que vous pensez: «Mon Dieu, c'est trop glauque!» Vous croyez qu'elle dit la vérité ou que c'est faux?

Je ne peux m'empêcher encore une fois de lui répondre: «Bonjour Stéphanie, c'est horrible, l'une de tes filles est morte? J'étais désolée d'apprendre que tu avais perdu ta meilleure amie pendant le premier confinement puis que tu aies un cancer du sein mais là c'est vraiment trop horrible! Ton enfant était malade? Toutes mes condoléances...» Elle me donne ensuite plein de détails, franchement réalistes, sur la maladie de sa fille.

Ou c'est vrai et je suis une connasse. Ou c'est faux, elle invente, et alors c'est elle qui devrait écrire un livre, elle a clairement bien plus d'imagination que moi.

Kate Winslet

Je ne saurai jamais me délivrer de la promesse que je me suis faite à huit ans. «Tu seras belle, comme Kate Winslet dans *Titanic*! C'est possible d'être ronde et belle, la preuve: Kate Winslet. Deviens comme elle, deviens actrice, je t'en supplie.»

Mamie

J'avais compris que, pour rester la préférée de ma mère, il fallait que je sois la préférée de sa mère. Je devins donc la préférée de ma grand-mère, Suzanne.
Mes cousins et cousines allaient voir mamie une fois par mois, avec leurs parents. Moi je lui rendais visite, seule, une fois par semaine. Je lui disais qu'elle était belle – elle était magnifique, incroyablement classe. Je lui posais des questions:
— Pourquoi tu dis que c'est tant mieux si je suis une fille, mamie?
— Parce que je n'aurais pas supporté que ta mère vous fasse couper le… ta sœur et toi. Quand les Allemands sont entrés dans l'hôtel de papa, ils nous ont réunis et ils ont demandé à mon frère Roger de baisser son pantalon. Heureusement qu'il n'était pas… Tu comprends? Heureusement que tu n'es pas… Heureusement, tu es une fille.
Je finissais mon steak haché-haricots dégueulasse, ma grand-mère déclassée ne savait pas cuisiner. Elle m'achetait toujours pour le dessert un éclair au chocolat. «Merci mamie, va t'allonger, je fais la vaisselle.»

Elle allait passer quelques coups de fil dans sa chambre puis je la rejoignais.
Elle avait mon bulletin scolaire sur son lit et des copies de mes devoirs de français. Parfois la télévision était allumée: «Je préfère les Noirs aux Arabes, ils sont plus gentils. Allez, j'éteins, y a rien. Maintenant on va se reposer un peu, on ferme les yeux.»
Ma grand-mère était froide avec ses enfants, qui le lui reprochaient. Moi je n'avais pas à lui réclamer son affection, je faisais la sieste tout près d'elle.
Ma mère reproduisait la froideur de sa mère avec Anna, la même distance. Et moi, elle me serrait dans ses bras, «ma fifille».

Je sais comment faire rire ma mère

Je prends des voix bizarres, des accents: l'accent snob *british*, l'accent espagnol en surlignant les FFF et les ZZZ ou celui de la meuf vulgos et ma mère se tord de rire.
Je sais aussi la faire pleurer, doucement: je mets Barbara, *Nantes*, *Mon enfance*, et elle a des petites larmes qui coulent de chaque côté des yeux.
Ma mère est maladivement curieuse, intrusive. Elle veut savoir tout ce que je vis, quels castings je passe, quelles rencontres je fais, où j'étais hier à 16 heures, ce que j'ai mangé le soir. Et quand j'essaie de le lui cacher, elle devine: «Tu as mangé des pâtes! C'est pas compliqué les courgettes, chouchou, je t'ai montré.»
Elle a soixante-trois ans et son plus grand rêve, aujourd'hui, est d'être grand-mère. Elle calcule sa vie en fonction de ça:

«Si je pars à la retraite dans deux ans, ça te laisse deux ans… et dans deux ans, je pourrai m'occuper de tes enfants?»
Elle adore les bébés. Si on voyage et qu'elle trouve un bébé dans le train, ou dans l'avion, elle peut enchaîner deux heures de mimiques, onomatopées, gonfler ses joues, expirer, se cacher les yeux, jouer à «C'est qui? Qui est là?» pour le bon plaisir du parent, un peu gêné mais soulagé que le bébé ne pleure plus.
«Encore? Encore? Oui? Qu'est-ce que c'est que ça? Qu'est-ce que c'est que ça?»

La calligraphie

Pour rester la préférée de ma mère, il fallait aussi être la préférée de mes profs de français: madame Fleurance, madame Lafond, madame Gracias, madame Daurignon… À toutes j'écrivais des lettres que je glissais dans leur casier, pour les remercier, leur dire combien elles m'apprenaient, combien je me sentais progresser grâce à elles et à quel point j'espérais les avoir de nouveau l'année suivante. J'écrivais avec deux plumes de mon kit calligraphie: une plume large pour le titre, «Chère Madame», et une plus fine pour le message. J'utilisais mon papier à lettres acheté en Italie avec des décorations imitant les enluminures du Moyen Âge, des fleurs, des oiseaux. Je collais quelques stickers pailletés en forme de cœur. Je glissais dans l'enveloppe, assortie au papier, quelques pétales fanés de mon pot-pourri. Enfin, je cachetais le courrier avec mon sceau personnalisé: la lettre R. Je faisais fondre la cire rouge puis appuyais bien fort sur la capitale, très heureuse. Moment très précis de joie, dans ce geste.

Déléguée de classe

En cinquième, je me présente aux élections et suis élue déléguée de ma classe. Je prends cela très à cœur. À l'approche du premier conseil de classe, je rédige un questionnaire avec une dizaine de questions: «Quelles sont tes matières préférées? Que penses-tu du poids des cartables? Trouves-tu qu'il y a trop de devoirs, ou pas assez? En quelle matière?»
Un long questionnaire! Auquel les élèves répondent plus ou moins en détail, certains me font la liste de leurs repas préférés à la cantine, d'autres m'écrivent juste «T'es folle!», mais la plupart se confient et surtout se plaignent des profs.
Je décide de regrouper mes réponses dans des fiches et établis une fiche par prof en synthétisant tous les reproches qui leur sont faits par les élèves. Ce n'est pas bien méchant: «La prof de français donne trop de devoirs et les livres à lire sont trop difficiles. Le prof de maths va trop vite, quand on lui dit qu'on n'a pas compris, il refuse de réexpliquer et les points bonus dans les contrôles ne profitent qu'aux meilleurs car ce sont des questions hors programme. Le prof de sport est toujours en retard. Le manuel de SVT est très lourd et on ne s'en sert jamais: est-on obligé de le prendre à chaque fois? L'accent français de la professeur d'anglais est problématique. Le latin, ça sert à rien.» Etc.
J'ai des fiches de toutes les couleurs; ça m'a pris un temps fou de croiser les réponses, mais je suis fière du résultat. J'ai eu droit à quelques confidences: «Je n'arrive pas à faire mes devoirs parce que mes parents se disputent tout le temps», «J'oublie toujours des livres chez maman la semaine où je suis chez mon père», «Maman ne veut pas que j'arrête

le piano mais je n'aime pas ça». Je suis ravie de la collection d'informations personnelles sur mes camarades et j'ai mes arguments tout prêts pour les défendre.
Lors du conseil, quand les profs commencent leur tour de table pour discuter de tel ou tel élève, je n'arrive pas à attendre qu'on me donne la parole, je bouillonne sur ma chaise, interromps les adultes: «Mathias mériterait les encouragements! Il a énormément progressé en orthographe alors qu'il n'aime pas du tout lire!» Les profs tiquent. Surtout celui d'histoire-géo, qui regarde curieusement mes fiches de toutes les couleurs étalées devant moi.
Quand vient le moment de décider de mon appréciation générale, je croise les doigts sous la table pour avoir les félicitations. J'y ai droit. Je suis folle de joie.
Je n'ai pas eu l'occasion de communiquer aux professeurs les reproches des élèves, mais je suis satisfaite. Je les ai bien défendus, j'ai empêché quelques avertissements, j'ai négocié quelques félicitations supplémentaires... Le boulot est fait.
Alors que je suis en train de ranger mes affaires, monsieur Segond, le prof d'histoire, s'approche de ma table et s'empare de mes fiches d'un coup sec:
— Confisqué!
— Mais...
Je regarde l'autre déléguée, Anna Goujon, qui ressemblait en effet à un poisson. Elle aussi est sous le choc:
— Il t'a volé tes fiches!
Le soir, je raconte tout à mes parents qui ne s'inquiètent pas outre mesure. Ça les conforte dans l'idée qu'ils se font des profs. Mon père déteste l'autorité, il s'est fait virer de plusieurs bahuts et en est fier: «Avant Mai 68, on devait cirer les pompes des profs! Un jour, une prof nous a traités

de sales étrangers, moi et un Turc de la classe. Je suis monté au tableau, je l'ai giflée.»

Je trouvais ça formidable que mon père ait mis une gifle à cette femme.

Quant à ma mère, fille de prof, elle les haïssait encore plus que mon père. Elle s'était toujours entendu dire «peut mieux faire, peut mieux faire» et était ravie que j'obtienne, moi, les félicitations. Elle en a les larmes aux yeux et scanne mon bulletin, l'imprime, et lis encore et encore l'appréciation de la prof de français. Mon père veut le détail:

— Dix-huit c'est bien mais c'est quoi la moyenne de la classe dans cette matière? Elle note facilement la prof?

Mon père réclame les moyennes générales des trois élèves au-dessus de moi: Alban, Anne et Manon. J'arrive toujours en quatrième position.

— Pourquoi Alban a vingt-deux sur vingt de moyenne en maths?

— À cause des questions bonus, papa.

Le lendemain, j'ai cours d'histoire. Monsieur Segond a posé mes fiches sur sa table et au tableau, il a écrit «Le fichier juif». Il fait circuler une étoile jaune dans une pochette en plastique parmi les élèves et dit:

— Votre déléguée a fait un fichier sur nous, les professeurs, comme les Allemands pendant la Seconde Guerre mondiale avec les juifs.

Je me lève, tremblante, j'ai conscience qu'il n'a pas le droit de faire cette comparaison.

Je n'arrive pas à me défendre, à lui répondre, mais j'ai le réflexe de quitter la salle de cours. Je vais au bureau du CPE:

— Il a volé mes fiches hier au conseil de classe et maintenant il dit que je fais un fichier juif!

Le CPE est au courant. Monsieur Segond a également photocopié mes fiches en plusieurs exemplaires puis les a accrochées partout dans la salle des profs, pour les *alerter*.
Le CPE m'explique que monsieur Segond est un prof volant, qui va de collège en collège, qu'il n'est pas «stable».
Je raconte l'anecdote le soir à mes parents qui, cette fois, prennent rendez-vous avec la proviseure. Elle leur confie:
– Il est fou mais on n'y peut rien.
C'est pas très rassurant, mais ça les rassure.
Monsieur Segond passe le reste de mon année de cinquième à me saquer, mes notes sont en total décalage avec la qualité de mes devoirs. Il consacre ses cours à nous montrer des films sur la Seconde Guerre mondiale... Si ça m'arrivait aujourd'hui, j'en ferais un set de stand-up. À l'époque, je n'arrive pas à en rire, mais je désacralise d'un coup l'autorité des profs. Naît le goût de la rébellion... Parce que je n'y arrive pas contre mes parents, je me lâche avec les profs. Je continue à aimer avec ferveur ceux que j'admire, les bons, mais redouble de mépris pour les *nullos*: je mélange l'esprit de ma mère, sa verve moqueuse, à la violence de mon père, contre eux.

Jouer droit

De rebelle avec les profs au lycée, je deviens rebelle avec les profs de théâtre. Après le bac, j'entre à l'école du Studio d'Asnières et je ne supporte pas notre premier prof, Pascal S. Il nous fait bosser du Bernard-Marie Koltès en criant: «Joue droit, d'un bloc, droit, tout dans le même souffle, ne t'arrête pas, c'est tout d'un bloc, ne prends pas de détours,

tête levée, énergie!» Il donne des coups de pied par terre en levant le menton: «Faut se botter le cul!» – sa philosophie de l'acteur.
Pascal S. manque cruellement d'humour. Nouri, Olive (des copains de ma classe) et moi avons des fous rires irrépressibles lors des impros, ça le met en pétard. Heureusement, nous avons aussi des cours de tragédie, donnés par le directeur de l'école, Hervé. Je développe une passion pour Racine et la musique de l'alexandrin. Hervé me donne des rôles de reines qui tuent maris, amants, enfants, je suis ravie.
Je n'ai jamais réussi à camoufler ce que je ressentais. Pascal lisait très bien dans mon regard: je te trouve con, con, con.

Malo

Je travaille une scène dans *Roberto Zucco* de Koltès et c'est comme ça que je fais la connaissance de Malo: en jouant sa mère.
Malo était le plus jeune et le plus doué de la classe, celui dont la personnalité d'acteur était la plus évidente. Il avait dix-sept ans et ressemblait déjà physiquement à ses idoles: Gérard Philipe, Fred Astaire et Jim Carrey. Il avait un beau visage mais son front immense lui donnait un air de la créature de Frankenstein. Mélangé à la tête de Tarantino! Étrange, beau! Il grignotait ses ongles, mangeait sa peau, s'écorchait littéralement l'index. Il s'arrachait les cheveux aussi. Il suait beaucoup, riait.
Malo avait une folie innocente, une grâce. Il dansait en sautillant, de façon très drôle et originale, comme s'il avait regardé

cent fois des vidéos de danseurs de claquettes sans jamais prendre un seul cours. Malo était l'extrême inverse de moi, il savait faire semblant. Semblant d'être poète, sans avoir jamais lu de poésie.
Je ne tombe pas tout de suite amoureuse de lui.

Ce qu'il faut montrer

Ma deuxième scène était dans *Quai ouest*, du même auteur, avec Nouri. Il venait chez moi avec la flemme de répéter, alors il lâchait des caisses terriblement sonores et odorantes, puis il faisait des blagues sur le complot juif. Je pleurais de rire.
Sans que nous l'ayons jamais vraiment bossée, juste en connaissant le texte, notre scène fonctionnait très bien. Mais Pascal avait jugé qu'il manquait quelque chose: «Rosa, ton personnage est désespéré! Et toi tu restes là debout, non! Il faut que tu te mettes à genoux, tu es prête à tout! Il faut un geste! Un geste fort, que tu enlèves ton haut, que tu montres tes seins!»
Il avait déjà plus ou moins donné la même indication à une autre élève, Sarah, qui montrait donc ses seins, dans sa scène. Tous les élèves trouvaient cela formidable, courageux, théâtral, insolent.
Je n'avais pas envie d'être moins courageuse que Sarah. Alors j'ai accepté de montrer mes seins. C'est dur de dire non à un prof, même quand on a son petit caractère.
Pascal nous répétait: «C'est ça être acteur, la générosité, soyez généreux! Donnez!»

J'ai accepté de montrer mes seins et j'ai pris beaucoup moins de plaisir à jouer la scène qui, d'un coup, n'était plus du tout marrante. Nouri m'en voulut. Forcément, on ne regardait plus que mes seins.

Set des tétons

Je serai éternellement complexée par mon corps. Mais en blaguant, je reprends le pouvoir. C'est moi qui décide de montrer, avec mes mots.

Mon principal regret, mon regret le plus fort est d'avoir abusé sur l'épilation définitive. Pour plaire à un mec, un putain de pédophile!
J'ai fait le laser et aujourd'hui ma touffe me manque.
Maintenant il ne me reste plus qu'une mini rikiki moustache d'Hitler.
Et je regrette de plus avoir la sensation de la touffe, son romantisme, son «je-m'en-foutisme». Le côté courtisane qui va avec la touffe, le côté Irving Penn, 1939 de la touffe...
Et j'ai pas le corps *fit* et ferme qui va avec un ptit ticket de métro: ça sert à rien de renvoyer une image porno années 2000 en bas quand mes seins sont totalement connotés XVIIe siècle, Rembrandt, laitière, gros tétons baveux.
Et c'est pas romantique hein?! C'est paysan, c'est rural, c'est gilet jaune: mes tétons occupent 80% de la circonférence de mes seins.
En fait, j'ai juste deux immenses tétons posés sur de la chair blanche et molle. Avec des poils maintenant! Genre des sourcils au-dessus des tétons! On dirait deux grands yeux amorphes qui vous fixent.

Diva

Après Pascal nous avons travaillé avec une nouvelle professeure, la comédienne Chantal D., sur *Fragments d'un discours amoureux* de Roland Barthes et des scènes entre amants, de notre choix. Chantal était sympa mais totalement désorganisée.
Pascal avait réussi à former un groupe et ses cours étaient bien foutus: tout le monde passait au plateau, était soigneusement distribué... Il contrôlait le *timing*, exigeait que nous restions en classe pour regarder les scènes des autres. Chantal nous autorisait à partir: «Vivez votre vie, travaillez de votre côté!» Donc on se barrait.
Je préparais une scène dans *La Ronde* de Schnitzler, celle entre la femme mariée et le jeune homme. J'avais pour partenaire Arthur, un beau roux que j'invitais à répéter le soir au sous-sol du bureau de mon père. Mais Arthur, selon ses propres mots, «préférait la séduction au passage à l'acte».
J'avais une seconde scène dans *Léonce et Léna*, de Büchner, avec mon ami Olive.
Olive, Nouri et moi continuions à rire ensemble. On était assez cruels, on se moquait beaucoup des gens de la classe, qui nous craignaient, à juste titre.
La semaine dite «de montage» était la dernière avant le spectacle: derniers réglages, dernières modifs, choix de lumière, de costume... Chantal était à la bourre, elle avait des lubies, voulait former des chœurs... Le spectacle devenait indigeste, beaucoup trop long! Il fallait couper. Elle nous réunit pour nous donner la liste des scènes sacrifiées et mon *Léonce et Léna* en faisait partie.
Je hurlai au scandale, gueulai que c'était n'importe quoi, totalement injuste, qu'avec Olive on avait beaucoup travaillé,

contrairement à d'autres qui gardaient leurs deux scènes NULLES. Je me cassai, outrée.
Quand je revins, le lendemain, tout le monde m'évitait. Chantal refusait de croiser mon regard. Olive se tenait à distance, Nouri aussi. Quand j'allais les voir, l'air de rien, ils ne voulaient plus rigoler. Nouri me dit: «Rosa, t'es l'une des rares personnes de la classe à avoir déjà un agent. Y a aucun enjeu pour toi, avec cette représentation. Alors que ceux qui font venir des pros, ils jouent tout! Toi t'es au chaud, tu bosses déjà, t'as des castings, pourquoi tu t'es mise dans cet état? T'as foutu une ambiance de merde.»
J'allai pleurer dans les toilettes.
Je passai la semaine de montage seule, comme une diva, à romantiser mon exclusion. J'espionnais le groupe, de loin. Ils allaient déjeuner au traiteur chinois, je mangeais seule dans les loges. Je les voyais déconner, aider à monter le décor: «Tu donnes pas un coup de main, Rosa?»
J'aggravai mon cas: «JE SUIS COMÉDIENNE, PAS TECOS.» Tecos, les techniciens ou régisseurs. Je me prenais pour Sarah Bernhardt. Quand on était allés aux costumes, pour emprunter nos tenues, je m'étais ruée sur le tailleur orange avec la fourrure, sans demander si ça intéressait quelqu'un: «ÇA C'EST À MOI.»
Je restais seule, je pleurais en me regardant dans le miroir, je n'attendais plus qu'une chose: le spectacle.
Le jour J, Sarah et Vincent, des élèves qui n'étaient pas mes amis, vinrent me voir tandis que je me tartinais la tronche de poudre en récitant frénétiquement mon texte, comme une prière, juste pour moi.
— Ça va Rosa?
J'interrompis mon rituel.

– On voulait te dire que tu es une très bonne comédienne.
Je restai bouche bée. Sarah et Vincent étaient ceux dont Olive, Nouri et moi nous nous moquions le plus.
– Merci…
Je les suivis et rejoignis le groupe. Je tentai des sourires timides, certaines personnes daignèrent y répondre, d'autres non. Malo me sourit. Il posa les mains sur la fourrure, qui tombait des épaules sur ma poitrine: «C'est doux!» Pour la première fois de l'année, nos regards se croisèrent vraiment. J'étais toute faible et lui avait grandi. Un mois après on sortait ensemble. Et ça a duré trois ans, ou cinq ans, ou dix ans, ça dépend de votre définition de «sortir ensemble».
J'ai joué ma scène dans *La Ronde* divinement bien. Le public était conquis. Par contre, j'ai tout changé: les marques, les temps, les rendez-vous. Arthur ne pouvait pas me suivre. Je parlais plus fort que lui, sans jamais le regarder. J'adressais mes répliques au public. J'appuyais le comique de la scène. Je ne tirais pas la couverture, je m'enrobais entièrement dedans, je m'en faisais une toge.
J'avais une réputation horrible quand j'arrivai en deuxième année au Studio. Personne ne voulait faire de scène avec moi. Chantal avait demandé à Hervé de me virer pour «individualisme forcené». Il avait refusé, se doutant que je plairais à notre prochaine prof, Yveline.

Yveline

Yveline ressemblait à un personnage de dessin animé Pixar, en plus *destroy*. Elle était petite, forte, des cheveux teints

en noir qui viraient au violet, des yeux minuscules incroyablement perçants, un sourire fin. Elle portait toujours des châles, c'était sa tenue. Elle alternait entre cinq châles, qui la recouvraient entièrement.
Yveline avait été formée au Conservatoire national par Antoine Vitez. Elle voulait faire de nous des acteurs «vitéziens». Elle parlait peu, écoutait les scènes en entier, sans nous interrompre. Elle nous demandait parfois de recommencer sans donner d'indications, juste: «Encore une fois.»
Elle avait des phrases fétiches, comme «qui peut le plus peut le moins», pour nous inciter à jouer des choses immenses et des choses extrêmement ténues.
Elle prônait «l'élitisme pour tous» et «il vaut mieux faire envie que pitié».
On avait travaillé sur l'œuvre de Victor Hugo. Je me régalais en jouant Marie Tudor, Lucrèce Borgia et la Thisbé dans *Angelo, tyran de Padoue*.
Malo était mon partenaire dans toutes mes scènes; on devait faire des propositions osées. Pour celle de *Ruy Blas*, nous avions interverti les rôles: il faisait la reine et moi Ruy Blas. On avait emprunté des costumes parfaits: Malo n'était pas ridicule dans sa grande robe. Il avait trouvé une façon de dire le texte dans un souffle ému, très féminin, et moi je me tenais droite, virile, dans ma veste de chevalier.
À la fin de la scène, je sortais de ma veste un concombre et l'insérais sous la robe de Malo qui poussait un cri aigu.
La majorité des élèves étaient très choqués, offusqués.
Yveline avait marqué un très long temps, puis dit: «C'est ça. C'est <u>ça</u> qu'il faut faire. Fin du cours.» Elle n'a pas voulu voir d'autres scènes ce jour-là. Elle nous avait jeté, à Malo et à moi, un regard flamboyant.

L'introduction

Malo est présenté à la famille Bursztejn pour Kippour. Je l'ai préparé: «Ils savent que tu es goï mais n'oublie pas de leur parler de ton grand-père!»
Le dîner commence calmement, mon oncle se lance dans une analyse de la fête de Kippour: «On ne doit pardonner qu'à ceux qui nous demandent pardon, c'est pourquoi nous n'avons pas à pardonner à Hitler.»
Direct grosse ambiance. Malo le regarde avec beaucoup d'admiration.
— Et toi tu viens d'où, Malo?
— Je viens d'Ivry-sur-Seine.
Mon père note:
— Une ville très engagée à gauche.
Malo approuve:
— Oui, c'est comme ça que j'ai fait du théâtre.
Mon père, la bouche pleine:
— Le communisme a permis d'apporter la culture dans les milieux ouvriers.
Mon oncle, découpant lentement une pomme de terre:
— Et que font tes parents, Malo?
Il bredouille:
— Ma mère est maître-nageuse à la piscine d'Ivry et mon père travaille pour Air France...
Je vole à son secours:
— Sa mère a été championne olympique! Et son père s'occupe des passagers particuliers, ceux qui voyagent avec leur boa par exemple, c'est rigolo!
Moue dubitative de mon père et mon oncle tandis qu'ils mâchent le poulet au coing. Je souffle à Malo: «Le grand-père!»

Malo lance:
— Mon grand-père a été déporté à Buchenwald!
Intérêt soudain des dinosaures:
— Déporté! Comme?
Malo, bon acteur:
— Comme résistant communiste.
Sourires pleins de miel, on lui ressert du vin, il est admis *in the club*. Ce que j'ai précisé à Malo de bien omettre c'est que son grand-père n'était pas résistant communiste, il voulait rejoindre l'Angleterre pour devenir pilote. Il a été arrêté à la frontière espagnole.
Malo est très marqué par ce dîner et veut se convertir au judaïsme (son côté maso). Il refuse de me présenter à ses parents. Adolescent, il a beaucoup fugué. Un après-midi, je ne le trouve pas, j'appelle sa sœur:
— Tu sais où il est?!
— Certainement à Versailles.
Malo a pris l'habitude d'aller se recueillir à Versailles, il respire l'air des jardins, rêvant que la cigogne qui devait l'emmener ici s'est trompée en le déposant en bas d'une tour à Ivry.

Je ne désire plus ta mère

Sans que je m'y attende, mon père m'annonce qu'il quitte ma mère.
C'est le soir. Ma mère est en bas, dans son bureau, elle fait des parties de réussite sur son ordinateur. Je suis à l'étage, j'entends d'abord du bruit dans la chambre de ma sœur, elle parle avec mon père. Je m'apprête à prendre un bain. Je fais

couler l'eau. Mon père me rejoint dans la salle de bains et ferme la porte. Bizarre. Il tient une petite valise grise. Il essaie de sourire mais il tremble, il a des larmes rouges dans les yeux, du mal à parler.
– Qu'est-ce qu'il y a?
Il réussit à articuler:
– Je quitte ta mère, je ne la désire plus. Au bout de vingt ans de mariage, il n'y a plus de désir dans un couple.
Je ne sais pas quoi répondre. Je ne comprends pas ce qu'il se passe.
– Mais tu vas où?
– Pas loin.
Il part.
J'entends la porte claquer. Je descends avec ma sœur, on va dans le bureau de notre mère, elle est toujours dans ses réussites.
– Ça va maman?
Ne levant pas les yeux de l'écran:
– Votre père est parti. Je lui ai dit que s'il passait la porte, il ne pourrait pas revenir.
Ses lèvres sont plissées, elle ne pleure pas.
Ma sœur murmure très faiblement:
– Je le savais.
Ma mère détache enfin son regard de l'ordinateur et se tourne vers ma sœur:
– Qu'est-ce que tu savais? Rosa, tu peux sortir?
Je sors de la pièce. Je monte et j'attends. Je regarde ma chambre d'enfant pour la première fois en adulte.
«Rosa!» On m'appelle, je redescends.
Ma mère tient ma sœur dans ses bras, elle a le visage ravagé par la peine.

J'apprends ce soir-là que mon père mène une vie parallèle depuis deux ans. Sa maîtresse est la mère d'un garçon avec qui j'étais au collège (et qui me traitait de fayotte). Elle est hôtesse de l'air, il l'a rencontrée chez Joseph et Sophie.
Ça fait deux ans que ma sœur le sait et deux ans que mon père lui demande de garder le silence. Quand Anna a découvert la liaison en fouillant dans ses textos, elle l'a tout de suite confronté. Il s'est défendu: déjà, elle n'avait pas à regarder dans son téléphone, et puis cette *autre* femme est sans importance, il aime ma mère, il ne faut pas briser la famille.
Anna ne supporte plus ce poids, elle lui demande de mettre fin à sa liaison. Il lui promet, même si «ça ne la regarde pas». Mais il continue à fréquenter *l'autre* femme. Et chaque dimanche où il ne nous accompagne pas chez ma grand-mère, ma sœur sait avec qui il est. Elle sait, les deux semaines de vacances que nous passons avec notre mère, que notre père ne travaille pas, il est à New York avec *l'autre*.
Anna écrit à *l'autre*: «S'il vous plaît, cessez de voir mon père, il ne faut pas briser ma famille.» Mon père l'apprend et la réprimande violemment. Il casse une assiette à côté de son visage et lui dit qu'elle a fait beaucoup de peine à cette femme. Elle ne doit plus jamais la contacter.
Alors Anna prend du poids, le poids du mensonge par omission. Elle ne se ressemble plus. Elle fait la gueule en permanence, claque les portes. Elle est dure avec ma mère, lointaine avec moi. Elle ne nous regarde jamais dans les yeux. Elle ne parle pas.

Peu de temps après avoir quitté ma mère, mon père demande à me voir. Je ne sais pas quoi faire, il insiste. Je n'en ai pas

envie. Je vis sans lui mais il me manque. Je laisse passer du temps. Je finis par le revoir.
Il pleure et c'est très pénible. Il se victimise puis se glorifie, dit que partir est la chose la plus dure qu'il ait faite de toute sa vie, plus dure encore que de quitter Lutte ouvrière. Il m'affirme qu'il faut beaucoup de courage pour être celui qui rompt. Il m'implore: après tout, il est encore jeune.
Je voudrais lui enfoncer un couteau dans le cœur, lui qui a osé humilier ma mère, mais je me tais. Je le laisse parler encore et encore. Il m'assure qu'il n'a pas quitté ma mère pour *l'autre*, qu'aujourd'hui il est seul.
La vie continue mais je n'arrive pas à trouver une place pour mon chagrin. Une amie de ma mère me dit: «Ça va, Rosa, toi, c'est bon, hein, tu es grande!»
Une de mes amies me dit, à propos de ma mère: «Elle savait, c'est sûr, c'est impossible de ne pas savoir.»
Le monde semble voler au secours de mon père avec des milliers d'arguments en sa faveur: «Les couples ça se sépare, un couple sur deux à Paris ou plus.»
Certes je ne suis plus une gamine, mais quand même. J'arrive à énoncer ce que je trouve grave: il n'aurait pas dû faire ça à ma petite sœur, il aurait dû partir dès qu'elle a découvert l'adultère. Tout de suite on m'oppose: «Il n'y a pas de bonne façon de quitter quelqu'un, dans tous les cas, ça crée des dégâts.»
Je décide de ne plus parler de cette séparation.

Ken

«Ken», c'est le verlan de «niquer». Ça veut dire «baiser», «posséder» et aussi «battre, mettre K.-O.»: «Je vais tous les niquer.»

Alessandro

Ken, c'est aussi le mari de Barbie. J'ai déjà été avec un «Ken», ado. Enfin, j'étais amoureuse d'un «Ken», Alessandro: cheveux mi-longs châtain clair... Quelques taches de rousseur, des yeux vert foncé, mâchoire ciselée, dents étincelantes... Mince, sportif, grand! Et italien. Pas très fute-fute, mais ça n'avait aucune importance.
J'ai rencontré Alessandro lors d'un séjour linguistique en Angleterre à la Haileybury International Summer School. Ce n'est pas cet été-là que je suis devenue bilingue, seuls les profs étaient anglais, ce qui est débile: nous étions séparés en classes de niveau pour les cours puis retournions à notre groupe de Français pour les temps libres. Il y avait donc des Italiens, mais aussi des Espagnols, des Russes... de tout sauf des Anglais. C'était un programme assez coûteux, dans les périodes où mon père avait de la thune il nous a beaucoup gâtées, ma sœur et moi. Parmi les Français il y avait pas mal de «fils et filles de»: Izia, la fille d'Higelin, Thaïs, la fille du ministre Hervé Gaymard... Je n'avais d'yeux que pour Alessandro. Nous étions dans la même classe. Je m'étais assise à côté de lui:
— *Io parlo italiano, il professore fa schifo, no?*

— *Ah, ah! Come ti chiami?*
— *Rosa!*
— *Piacere*[1]...

La persévérance

Je suis devenue amie avec les amis d'Alessandro, je me suis infiltrée dans le groupe des Italiens. Je traînais avec Tommaso, Federica, Flaminia et Carlotta; on papotait, assis sous le saule pleureur en regardant les garçons jouer au foot. J'enquêtais le plus discrètement possible: «Est-ce qu'il y a des couples dans votre groupe? Alessandro, par exemple?» Malgré mes efforts, je fus vite démasquée par Federica:
— *Ti piace Alessandro?*
— *Si.*
Je lui fis promettre de ne pas le répéter et comptais sur la boum de fin de *summer course* pour sceller notre union. Tout le plaisir était d'attendre, d'oser un regard un peu plus long, un sourire plus franc.
L'avant-dernière soirée se déroula en deux temps: la remise des prix, avec une petite médaille pour le meilleur élève de chaque classe, suivie de la boum.
J'avais mis une minijupe et un string. Je me sentais au max, en matière de provocation sexuelle.

---

1. — Je parle italien, le professeur est nul, non?
— Ah ah! Comment tu t'appelles?
— Rosa!
— Enchanté...

Les Italiens étaient très chahuteurs lors de la remise des prix, tapant des pieds, des mains. Je ne m'en sentais que plus femelle, riant des *ragazzi*[1] bruyants. Puis, mon aphrodisiaque de toujours, je remporte une médaille. La soirée démarre bien!
Boule à facettes, tubes de l'époque: The Black Eyed Peas, Shakira et l'indémodable Mambo Number Five qui avait déjà quatre ans dans la gueule mais nous rendait toujours aussi fous, *one, two, three, four, five…*
Quand soudain je surprends Alessandro en train de danser avec une Russe. Ou plutôt, tout le monde s'écarte pour regarder la Russe danser devant Alessandro, sur *Toxic* de Britney Spears. Elle doit avoir un ou deux ans de plus que moi, elle est entièrement habillée de lacets lycra blancs, avec des strass, des franges, et des bas résille, également blancs. Elle connaît toute la chorégraphie. Alessandro est scotché. J'ai perdu.
Ils disparaissent rapidement après la chanson, Federica soupçonne qu'ils sont allés baiser quelque part. Je suis triste et déçue, mais surtout je me dis que moi aussi il faudra que je le fasse, que je me débarrasse de ma virginité. Je ne sais pas quand ni avec qui, mais je ne veux plus que ça me fasse perdre des points.
Le lendemain matin, c'est le retour dans nos pays respectifs. Les cars nous attendent, ma valise est prête. J'en profite pour aller dire au revoir aux Italiens. Je ne trouve pas Alessandro, parcours tous les étages, quand d'un coup, il apparaît au fond d'un couloir et marche vers moi. On ne se

1. Jeunes hommes.

parle pas. On se regarde, avec une certaine gravité. Puis il m'embrasse, très doucement.

J'avais pris les coordonnées de tous mes amis italiens et dès ma rentrée en troisième je discutai avec eux sur MSN. Puis j'obtins celui d'Alessandro et discutai également avec lui, de façon franchement amoureuse. Il se lâche à l'écrit et revient sur le souvenir de ce baiser parfait dans le couloir. Et voilà que je me mets en tête d'aller le retrouver à Rome. Mais comme je ne veux pas qu'il me prenne pour une *stalkeuse*, je me dis que je vais le surprendre, organiser une rencontre PAR HASARD. Donc je propose un échange à Flaminia: que j'aille chez elle à Rome pour les vacances de la Toussaint et qu'elle vienne chez moi à Paris à Noël.

Mon plan fonctionne. Me voici à Rome, à visiter le Colisée, le Forum, la Villa Borghèse... Je me verrais bien rester définitivement, vivre dans cette ville comme ma mère dans sa jeunesse.

Seul souci: les vacances parisiennes ne tombent pas au même moment que les vacances romaines! Impossible de croiser Alessandro. Il est au collège la journée et a des cours particuliers le soir, pour chaque matière. Je parviens tout de même à le voir la veille de mon départ, après son cours de tennis.

On marche dans la rue sans se tenir la main, on ne parle pas trop.

Puis on s'embrasse contre une voiture.

Je suis ravie, retour à Paris. «Mission accomplie.» Je ne suis pas encore prête pour plus, je ne sais pas ce que je veux vraiment: aimer ou voir l'autre céder à mon désir?

L'esprit de compétition

J'ai développé un esprit de compétition au collège. Je n'étais pas du tout comme ça enfant, mais c'est parce que j'étais *en dehors*. La compétition m'a permis de trouver une place par rapport aux autres, *dedans*.
Je n'ai jamais camouflé mes efforts. En cela, je suis une compétitrice modeste. Je ne crois pas que l'on gagne par magie. Je hais le mythe de l'acteur choisi dans la rue, créé pour/par les réalisateurs, pour devenir/rester surpuissant. Il faudrait que l'acteur soit un animal, un ours, un tigre, un lion. Une actrice «féline», «sauvage», «mystérieuse». Deux fauves. Deux bêtes... qui ne pensent pas. Deux têtes absentes.
Je me suis lancée avec autant d'ardeur dans le théâtre parce que j'étais persuadée que cela serait moins dérangeant pour des metteurs en scène de théâtre de diriger une actrice *pensante* (cela paraît prétentieux, disons une femme avec un corps *et* une tête, une voix surtout, la sienne) que pour des réalisateurs de cinéma.
J'ai préparé le concours du Conservatoire national comme si ma vie en dépendait.

L'attirance pour les gourous

Mars 2009, le premier tour du concours du Conservatoire approche. Cela fait six mois que mon père est parti. Ma mère picole pas mal. Malo dort tous les soirs dans ma chambre, on a collé un second lit à mon lit de toujours.
Je travaille avec une coach-sorcière: Kathy.

Kathy me reçoit dans son petit appartement, dans un HLM du 13e, près de la bibliothèque François-Mitterrand. Elle fume clope sur clope, me sourit intensément. Elle a une beauté tapée, genre Annie Girardot à la cinquantaine.
Je suis une bonne cliente. J'ai tellement envie de rentrer *au Cons'* que je la vois deux fois par semaine, à raison de soixante euros la séance. J'ai joué dans une série l'été précédent, tout mon salaire y passe. Kathy commence chaque rendez-vous par la même question: «Earl Grey, thé vert ou bergamote?»
Elle dessine des ronds sur une feuille, entoure des auteurs, d'Edward Bond à Heiner Müller, trace des lignes, relie mon nom à ceux de personnages, avec des points d'interrogation: Ériphile? Angélique?
À d'autres élèves elle tire le tarot. La séance se passe en deux temps: la discussion dans la cuisine puis l'interprétation des textes dans le salon. Elle ne met pas le chauffage, ça caille. Si elle me sent trop tendue, elle me demande de m'allonger. Son tapis est sale, j'essaie de ne pas prêter attention à la poussière. L'odeur de cigarette me donne des migraines, je souffle, elle m'appuie très fort sur le ventre.
— Maintenant ça va mieux?
— Heu... Oui.
Kathy parie à fond sur moi, je suis son poulain. Jusqu'à ce que je lui présente Malo. Là, ses yeux brillent, ses narines frémissent: «Hum, ça sent bon!»
Malo se met à la consulter également. La bourse que la ville d'Ivry verse à son grand-père, ancien déporté de Buchenwald, rejoint les autres billets dans l'enveloppe de Kathy.
Malo et moi passons brillamment le premier tour du concours et sommes admissibles au deuxième, merci Kathy! Notre foi

en ses pouvoirs est décuplée, on en oublierait presque notre talent... Enfin, pas Malo. Il est plus pragmatique que moi, plus confiant. De mon côté, la pression monte, certains disent que le deuxième tour est le plus difficile.
Toutes les nuits, je rêve que je tue les autres candidats. Je me réveille avec une idée en boucle: Kathy va m'aider, j'ai besoin d'elle, elle va m'aider, elle est indispensable.
À côté de moi, Malo dort paisiblement.

Siamois

Malo et moi sommes inséparables. On ne se quitte pas une seconde. On va aux toilettes ensemble. Il m'entend faire pipi. Je le regarde faire caca, on continue de parler au gré des «plocs». Je lui tends le PQ. On prend nos bains ensemble. Nos amis ne nous voient jamais individuellement, c'est toujours Malo *et* Rosa, collés.
La fusion est telle qu'on se comprend sans se parler, on invente un langage, on lui donne un nom: le *buisme*. C'est un gazouillement composé de sons en «b», parfois graves, souvent aigus, en boucle. Ça donne un peu ça: «Beuuu! Bua! Bui? Beu. Baaaaaah... Buibeu. Buabuibeu!»
Nos soirées ne sont plus romantiques, mais buiques. Une soirée typiquement buique se compose d'un film à l'UGC des Halles suivi d'une pizza. Un après-midi buique comporte en général une sieste, enrobés l'un dans l'autre. Malo n'est plus Malo mais Buadelo (ou Buadelin) et moi Buadelinette.
Évidemment, nous travaillons nos scènes de concours ensemble: je suis sa Phèdre, il est mon Hippolyte. Kathy

nous appelle les «Burton-Taylor»! «Ça va les Burton-Taylor?» «Rosa, tu attends dans le salon, je vois Malo dans la cuisine!» Elle est la seule qui parvient à nous séparer.

Le deuxième tour

Malo et moi sommes reçus au deuxième tour du concours du Conservatoire, à l'unanimité. Avec des bruits de couloir comme quoi c'est bon, clin d'œil-clin d'œil, nous n'avons pas d'inquiétude à nous faire pour le troisième: *le tour est joué.*
Au même moment, le divorce de mes parents est officialisé. Ma mère est très mal défendue, je ne sais pas pourquoi elle n'a pas trouvé de meilleur avocat. Elle découvre que mon père a accumulé plus de cent mille euros de dettes. Elle n'aura pas de pension.
Elle ne travaillait quasiment plus. Après avoir été journaliste dans sa jeunesse, elle était devenue femme au foyer. Et parfois rédactrice. Une amie de la FCPE[1] l'avait recrutée dans son cabinet de conseil.
Ma mère travaillait à la maison. C'est peut-être plus ça le terme, non pas «femme au foyer», mais «femme à la maison», avant la popularisation du télétravail. Elle vulgarisait des documents ayant trait à l'aménagement du territoire, au démantèlement d'une centrale nucléaire, à la création d'un tronçon ou d'une ligne de gaz... C'est clairement chiant – selon moi, et selon vous aussi, mais elle a plus de patience que nous, et surtout, ça met du beurre dans les épinards.

1. Fédération des conseils de parents d'élèves.

Elle savait que mon père avait des difficultés financières, mais n'avait aucune idée de l'étendue de ses dettes. De l'énième bilan déposé. Du catalogue de films vendu. De la mise en faillite personnelle. Elle était loin d'imaginer que, pour la seconde fois de sa vie, mon père était complètement ruiné.

La première ruine

À trente et un ans, mon père est orphelin. Ses deux parents sont morts. Lui et son frère héritent d'une petite fortune. Rifka et Léon Bursztejn, anciens résistants de la FTP-MOI[1], se sont enrichis après la guerre, dans le *shmates*[2]. Ils acquièrent plusieurs boutiques de vêtements à Paris: rue d'Aboukir, rue de la Chaussée-d'Antin, boulevard Saint-Michel, passage du Caire... Ils n'achètent pas d'appartement, pensant qu'ils devront le quitter si la guerre éclate de nouveau. Ils louent plutôt, rue des Pyramides.
Ils se promènent le week-end aux Tuileries.
De même, ils n'osent pas s'offrir une maison de campagne mais descendent pour les vacances dans de magnifiques hôtels: le Montfleury à Cannes, Le Royal à La Baule, Le Normandy à Deauville... Ils vont à la plage avec leurs amis, certains ont des numéros tatoués sur l'avant-bras gauche. La nuit leurs cris réveillent tout l'hôtel.
La fortune dont mon père hérite lui brûle les doigts. Au lieu d'acheter un appartement (on lui fait une offre pour celui

1. Francs-tireurs et partisans – main-d'œuvre immigrée.
2. «Tissu» en yiddish.

au dernier étage d'un magnifique immeuble quai de Conti, à l'angle de la rue Dauphine), mon père investit l'intégralité de son héritage dans un film. Qui fait un flop.
C'est sa première ruine.

Malo entre au Conservatoire

J'échoue au troisième tour.

Sauzon

Juillet 2009, un mois après le troisième tour. Malo et moi avons loué une petite maison à Belle-Île, près du village de Sauzon. On se balade le long des sentiers côtiers, on visite le fort de Sarah Bernhardt. Le soir, on regarde des films au lit. Les radiateurs sont merdiques et la cheminée ne fonctionne pas, on fait l'amour pour se réchauffer.
J'entrevois un avenir sans le Conservatoire. Ce n'est pas facile. Malo assure qu'il ne veut pas y aller sans moi, je lui dis: «Arrête, fais pas le con.» Je le rejoindrai, en attendant j'irai en classe libre. Daniel Mesguich m'a conseillé de retenter le concours, lui a voté pour moi.
Malo sait que je ressasse les mêmes images: on est dans l'immense hall du Conservatoire et les noms des entrants sont proclamés à voix haute, par ordre alphabétique. Quand le «B» est dépassé, que le nom de famille de Malo en «C» est prononcé et que ça continue avec les «D», on se regarde,

je tombe un peu en arrière, le temps de réaliser: «Il n'y a pas mon nom, ils n'ont pas dit mon nom...» Cette scène vient me hanter, je la repasse au ralenti. J'entends encore les cris de joie des gagnants.

Heureusement, il y a les crêpes! Malo et moi trouvons refuge dans la gastronomie bretonne – pourtant pas des plus raffinées. Les crêpes jambon-beurre et Nutella me vont très bien mais Malo se lance dans des mélanges: *galette roquefort, noix, crème, œuf et lard fumé!* Puis, en dessert, *crêpe au chocolat noir, flambée au Grand Marnier, avec une boule de glace vanille, des tranches d'orange confite et de la chantilly.*

Ça lui donne inévitablement la chiasse.

Je lui lis des livres comme à un bébé – j'ai compris qu'il avait du mal à lire tout seul une œuvre entière. D'abord *La Dame aux camélias* puis *Lettres à un jeune poète.* On décide de créer ensemble une compagnie de théâtre, qu'on appelle Les Cœurs Insolents. On écrit un manifeste long et lourd à base de «Nous aimons les tyrans et les putains! Le théâtre effrayant et drôle!».

Un soir, on met le DVD d'un film qu'aucun de nous deux n'a vu, *Rosemary's Baby* de Polanski. On est terrifiés et on allume la lampe de chevet dès qu'il se termine. Je m'assois dans le lit, j'ai les pupilles dilatées, le cerveau qui va à mille à l'heure, j'ai l'impression d'avoir pris un truc. Je me suis totalement identifiée au personnage de Mia Farrow et je fais une crise de parano: tout est contre moi, ils sont tous contre moi, Malo est comme le mari, John Cassavetes, il est aussi contre moi. Je le pousse: «Va-t'en, je te vois. Je te vois, comme pour la première fois, tu m'as sucé le sang! Tu m'as tout volé! Tu m'as volé mon Conservatoire! C'était moi qui devais l'avoir! Moi qui voyais Kathy! Tu t'es approprié

tout ce que j'avais, tout ce que je savais! T'as même pas lu les œuvres entières de tes scènes de concours, c'est moi qui les ai lues pour toi, qui t'ai tout expliqué! Je t'ai tout donné! T'es un parasite, un opportuniste, tu t'es servi de moi, tu m'as pris toute mon énergie, tout l'amour! Je n'en avais plus pour moi! Je t'ai donné tout l'amour et la foi, je n'ai fait que te regarder et t'admirer et je me suis oubliée, c'est ta faute!»
Malo tremble, il va dormir dans le salon.
Je reste seule dans le lit à me répéter en boucle: «Attention à l'amour, l'amour que tu donnes à un homme et dont tu te prives, Rosa, garde l'amour pour toi, garde l'amour pour toi, c'est comme ça que tu vas réussir, Rosa.»

Le coaching

J'ai continué à donner de l'argent à Kathy encore une autre année. Alors que j'avais déjà un prof dédié à la préparation au concours en classe libre (la formation que j'ai suivie après avoir été recalée du Conservatoire): Cédric B., cocaïnomane redoutablement efficace. Ses cours étaient très prisés et il malmenait pas mal les élèves, serrait les garçons très fort au bras, «Tu vois, comme ça, joue-le comme ça, c'est Stanley Kowalski, merde!». Parfois, il lâchait une gifle «pour montrer» et faisait chialer au moins une meuf à chaque cours. J'y ai eu droit plusieurs fois.
Cédric voyait assez clair en moi: «Y a un problème, Rosa, ce concours veut dire trop de choses pour toi... Je sais pas ce que c'est, mais c'est trop.»

Je payais Kathy pour qu'elle me dise: «Ça va le faire, Rosa, bien sûr que tu vas entrer au Conservatoire, t'es bourrée de talent! Cette deuxième fois, c'est la bonne!»
Je n'arrivais plus à me le dire à moi-même. Et ma mère, d'habitude si encourageante, allait trop mal. Elle est la première à avoir pris du Seroplex. J'allais la suivre et prendre le même antidépresseur, quelques mois plus tard.

Lutte ouvrière

"Cults don't know they are cults!
Cult members don't know they are cult members!"

Sarah Silverman, *The Sarah Silverman podcast*, épisode 21

À quatorze ans, mon père se retrouve à la tête du comité d'action du lycée Charlemagne; il participe à l'organisation des manifestations étudiantes de Mai 68. Quelques mois plus tard, il est recruté par Lutte ouvrière.
Après son bac, mon père suit des études d'histoire qu'il n'achève pas, il se consacre entièrement à sa carrière de militant professionnel.
LO a un fonctionnement secret: ses membres ont des pseudos, la direction est pyramidale, le contrôle interne très strict. Les militants vouent un culte à leur leader, Robert Barcia, qui n'apparaît jamais publiquement et propulse à sa place, sur les devants, Arlette Laguiller. Barcia se fait appeler «Hardy». Il est extrêmement autoritaire et mystérieux – il ira jusqu'à cacher sa mort, que la presse découvrira un an plus tard.
Le nom d'emprunt de mon père est «Salacri».

Salacri vit dans un studio au-dessus de l'appartement de ses parents, rue des Pyramides. Sur ses étagères: Marx, Engels, Lénine, Pasternak, Boukharine, Gogol, Gorki, Maïakovski... et Trotski bien-sûr.
Le matin, il descend l'escalier avec son gros sac à dos, rempli de tracts à distribuer aux ouvriers. Il passe chez ses parents récupérer un sandwich au foie haché préparé par Denise (ce n'est pas une «bonne» mais une «femme qui travaille chez eux»), puis il prend le métro jusqu'à Aubervilliers, où il retrouve ses camarades internationalistes. Salacri a l'impression de poursuivre les rêves que son propre père avait avant la guerre, quand il était résistant communiste, avant qu'il ne soit déprimé et lui mette dans la main des billets: «Tiens, tiens, prends! Ne travaille pas, tu n'as pas besoin, je suis là, prends...» Salacri reverse l'argent de son père au parti.
À la demande d'Hardy, il apporte les fonds initiaux pour la création d'une société écran, Cauvis, qui sert à financer des programmes audiovisuels et qui est surtout une couverture pour les lieux de réunion et d'imprimerie.
Il est également désigné gérant, par Hardy, d'une deuxième société écran: l'EPMED. Salacri a vingt-sept ans, cela fait douze ans qu'il milite lorsque Hardy lui demande d'aller contrôler les visiteurs médicaux d'EPMED. Il lui répond qu'il ne s'est pas engagé dans le militantisme pour contrôler des salariés. Il se sent surveillé. Après l'excitation des premières années, la dérive sectaire se fait sentir, l'ambiance est de plus en plus pesante. Salacri ne croit plus en la révolution mais il accepte de rendre un dernier service à l'organisation. Il part en URSS pour faire passer clandestinement des documents trotskistes à un petit groupe sur place. Il est arrêté et retenu par le KGB. Salacri nie que le sac contenant les brochures

soit à lui et finit par être relâché. L'expérience est traumatisante. Salacri en veut à Hardy de l'avoir envoyé en URSS alors que les staliniens mènent une violente campagne antisémite contre les «refuzniks», les juifs qui veulent émigrer en Israël. Hardy a totalement ignoré le nom typiquement juif qui figure sur le passeport de mon père et n'en fait pas le candidat idéal pour cette dangereuse mission.
Mon père parvient à démissionner officiellement de LO en 1983, à trente ans.
Sa mère est décédée, son père se suicidera un an plus tard. Il veut fonder une famille, or c'est interdit à LO. En quittant le parti, mon père se retrouve doublement orphelin.

J'ai échoué

J'ai échoué une seconde fois au troisième et dernier tour du concours du Conservatoire. Si proche du but! J'avais encore eu le deuxième tour à l'unanimité devant un jury de professionnels du spectacle et j'ai échoué au troisième devant les professeurs du Conservatoire.
Je les ai longtemps blâmés: "*Those who can, do; those who can't, teach.*" Mais non, ce n'était pas eux, c'est moi, je me suis plantée dans mon choix de scène. On m'a dit: «Peut-être que tu ne le voulais pas?»
Je crois que je le voulais trop.
Je veux toujours trop.

La bouteille

Après ce deuxième échec, je pars vivre à Londres.
Malo m'appelle tous les jours. Très vite, il vient me rendre visite. Il neige. On se promène longuement à Kew Gardens, une immense serre avec des plantes exotiques.
Chaque fois que je le raccompagne à la gare de Saint-Pancras, on pleure pendant des heures. Ça va mieux dès qu'il est parti.
J'essaie d'oublier ma vie à Paris, d'en construire une nouvelle ici. Je lis *The Guardian*. Je tombe sur une nouvelle incroyable: une femme a trouvé un message, datant d'il y a plus de cent ans, dans une bouteille à la mer!
Je me sens comme la bouteille.

Le chiffre deux

Pour essayer de comprendre la séparation de mes parents, je me suis longtemps demandé qui avait cessé d'aimer l'autre le premier.
Ma mère voulait une famille nombreuse, mon père, seulement deux enfants. Leur troisième enfant fut un projet d'écriture, un film sur lequel ils travaillèrent pendant plusieurs mois, plusieurs années, et auquel ils essayèrent de donner naissance.
Il s'agissait d'un long-métrage historique, *Passage secret,* sur la vie d'Isabelle et Clara Salvadore, deux sœurs marranes ayant fui l'Inquisition en Espagne pour trouver refuge à Venise.
Les sœurs pratiquent la religion juive en cachette et organisent des *passages secrets* pour accueillir à Venise les nouveaux réfugiés. Mais Isabelle ne supporte plus de vivre

dans le mensonge, elle aimerait aller à Istanbul où les juifs n'ont pas besoin de se cacher. Or Clara est tombée amoureuse d'un noble vénitien...
Mes parents font tout pour que ce projet voie le jour, ils s'entourent de coauteurs, retravaillent le scénario... Mais c'est un film historique, coûteux, et mon père ne parvient pas à rassembler les fonds pour le produire. Après des années d'efforts acharnés, ils abandonnent.
Ils vendent le scénario à une société de production allemande, cela rembourse quelques dettes, mais le film ne leur appartient plus.
Quelques années plus tard, ils décident de se lancer dans l'écriture d'un deuxième long-métrage. Ils n'ont pas renoncé à leur goût pour les fictions historiques: leur nouveau film, *Berlin-Shanghai*, retrace le parcours du jeune Elie, qui réussit à échapper aux camps d'extermination en émigrant à Shanghai, en 1943. Le héros est partagé entre sa nouvelle vie, son amour pour une belle Shanghaienne et la possibilité d'un retour vers sa famille...
Conscient qu'il ne pourra peut-être pas produire seul un film aussi cher, mon père décide de le réaliser, c'est même annoncé dans *Le Film français*: «Sylvain Bursztejn, qui va également réaliser son premier long-métrage, *Berlin-Shanghai*»... Mon père répète: «J'en suis capable», parfois avec un point d'interrogation: «J'en suis capable?», ce à quoi ma mère répond toujours: «Bien sûr!»
Hélas, elle est la seule à parier sur lui.
On fait comprendre à mon père qu'il est déjà trop vieux pour réaliser un premier film.
Il essaie alors de chercher un réalisateur américain, va à Los Angeles, fait traduire le scénario en anglais. Il me demande

qui je verrais dans le rôle de la Shanghaienne, j'aime beaucoup Zhang Ziyi de *Tigres et Dragons*. Mon père rencontre Zhang Ziyi, elle aime le scénario... Mais le film ne se fait pas pour autant.
Quand ma mère comprend qu'ils devront enterrer ce second projet, elle se met à désaimer mon père.

Le menton en feu

Londres. Un matin, je prends mon petit déj, je me sers un grand bol d'*organic muesli, crunchy and fruity*. Je fais chauffer de l'eau et décide d'emporter mon thé noir dans un thermos, comme je vois souvent des Anglais le faire. Je prends ma pile de CV pour trouver un petit boulot de serveuse, puis direction le métro, station Willesden Green.
Dans le métro, tous les Anglais ont la même tenue de travail, un ensemble gris. Ils lisent leur journal sans que leurs regards ne se croisent jamais. J'ouvre mon thermos et au moment même où je dévisse le bouchon le wagon est pris d'une secousse, l'eau brûlante gicle sur mon menton.
Je hurle de douleur. Personne ne lève les yeux vers moi.
À Paris les gens font la gueule, ils râlent mais ils sont émotifs, concernés, ils aiment participer, grommeler, voire tendre la main (si). Là, nada, que dalle, pas un mot, pas un "*Are you okay?*".
Les pleurs ont succédé au cri, j'ai le menton en feu, littéralement, de la fumée s'échappe, la peau se décolle, on dirait une vidéo en accéléré de la vie d'une plante carnivore!
Les jours qui suivent, je dois continuer à déposer des CV sauf que tous les regards s'attardent, dégoûtés, sur mon

menton: il est sanglant, déchiqueté, couvert de vaseline. Dans la vaseline se perdent des miettes de sandwich, des bouts de cookies...

À la fin d'une journée particulièrement inutile, où personne n'a sérieusement considéré mon CV, j'entre dans un centre commercial. J'erre au rez-de-chaussée dans les rayons parfum, maquillage. Je tombe sur une vendeuse, plus petite que moi, qui me demande gentiment: *"How can I help you?"*

Je lui dis que je cherche du fond de teint pour camoufler mon menton. "*Oh.*" Elle a l'air attristée pour moi: "*Your chin, it's so hurt!*" Elle m'assoit sur une chaise et me propose une "*demonstration*". Elle me démaquille. Très lentement. Je prie pour que ça ne s'arrête pas, je me retiens de pleurer, elle est si douce. Elle applique une crème sur mon visage en le tapotant légèrement, je respire. Je suis troublée «maternellement».

Elle me parle en anglais, vante les bienfaits de son soin, l'importance d'une base matifiante avant le fond de teint... Je ne l'écoute pas, je me dis qu'il n'y a rien de mieux que les inconnus. Que ce sont les meilleures personnes pour nous toucher, les inconnus spécialistes, les coiffeurs qui font des massages. Les masseurs. Tout mon corps se réchauffe.

Ses doigts finissent par quitter mon visage, j'achète le fond de teint. Elle m'a fait aussi beaucoup de compliments, elle m'a dit qu'en dehors du menton j'avais une très belle peau. Je repars avec ses compliments, comme si je tenais un doudou.

Le lendemain je trouve enfin un travail, je suis prise dans une bijouterie française à Covent Garden. Les filles ont pitié de moi: «Ma pauvre, t'es sacrément amochée!»

Je deviens vite une excellente vendeuse, sauf à la caisse, je suis trop nulle en maths. Je ne rends jamais le bon montant aux clients.

En revanche, je suis patiente, je passe des heures à tripoter les bijoux fantaisie avec les clientes, souvent fantaisistes aussi. Je ne connais pas leur prénom ni leur nom, mais je ferme délicatement les colliers sur leur cou. Quand elles se regardent dans le miroir avec une moue dubitative et cherchent mon regard, je leur souris, leur dis qu'elles sont belles. Je fais comme ma maquilleuse. Elles rougissent, craquent.
Ça m'arrange d'être nulle à la caisse parce que j'ai honte de faire payer, surtout que les bijoux sont chers et de mauvaise qualité. Les Anglaises me demandent parfois si je viens de Paris, "*Oh!*", elles fantasment: «Je parle un tout petit peu, la tour Eiffel, oui, c'est très joli.» Ces échanges me font du bien.
Je reçois un coup de fil de mon agent: «Tu ne vas pas le croire, John Malkovich fait une mise en scène en français, il monte *Les Liaisons dangereuses* au théâtre et cherche de jeunes acteurs, il faut que tu reviennes à Paris pour passer l'audition!»

Cécile de Volanges

Je rentre à Paris pour passer le premier tour (encore des tours!) de l'audition des *Liaisons dangereuses*. La première étape se fait sans John Malkovich, devant une directrice de casting.
Malo et moi passons l'audition ensemble. Les essais se déroulent bien, elle nous félicite: «Bravo! Malo, tu reviendras pour Danceny! Rosa, tu joues bien, c'est très juste, mais je te regarde et je te trouve déjà très *formée*, très femme pour Cécile de Volanges... Tu as des seins. Est-ce qu'une jeune fille de quinze ans a des seins? Pas vraiment, pas encore. Tu corresponds plutôt à Émilie, la courtisane. Ça te dit de revenir

pour ce rôle? Je te préviens, il y aura une scène de nudité... Tu as le temps d'y réfléchir, les *call backs* pour les rôles secondaires sont dans plusieurs mois.»
Je suis évidemment déçue de ne pas être retenue à ce stade pour l'un des rôles principaux et je me souviens que j'avais déjà de la poitrine à quinze ans. Cela m'énerve qu'on m'attribue l'emploi d'une prostituée parce que je ne suis pas maigre. Ce n'est pas la première fois que je l'entends. On m'a déjà dit que j'avais certes un visage «pour films d'époque», mais le corps d'une fermière. Ou d'une servante, d'une bonne, d'une domestique bonne à trousser. Je pense pouvoir aussi correspondre au rôle de Cécile, une jeune fille de bonne famille...
Je ne veux pas jouer Émilie, je ne veux pas être nue sur scène. Je veux jouer toutes les femmes, des prostituées comme des vierges ou des comtesses, mais habillée, vêtue, même d'une fine chemise de nuit, toute simple, presque transparente! Je veux sentir un voile, un drap, un tissu sur mon corps. Je me sens sensuelle dans une robe. Le vêtement met en valeur ma taille, mon décolleté, cache mes cuisses, mes bras... Nue, je me sens juste comme un ver luisant, nue je me sens informe. Il n'y a que les bébés qui sont radieux entièrement nus. De près, le corps adulte est ridicule. De loin, éventuellement, mélangé à la nature, à l'océan, d'accord. Si le corps redevient poisson, d'accord. Ou s'il est dessiné.
Toute actrice devrait réfléchir à son cahier des charges, en bonne travailleuse du sexe, quelque part! En personne qui sait qu'éveiller le désir fait partie de son métier. Jusqu'où, pour qui, comment: se montrer, embrasser, simuler.
Ma tante Hélène avait raison: «Ti veux faire la pute?!»
Peut-être.
Mais pas dans n'importe quelles conditions.

Je ne te désire plus

Malo et moi nous séparons une première fois, lorsque je vis encore à Londres. On ne supporte pas la distance. Et finalement, on ne supporte pas la séparation. Je reviens à Paris. On emménage ensemble. Nous avons un coup de cœur pour un studio rue Jacob. C'est au-dessus de notre budget mais avec nos APL et en faisant beaucoup de baby-sittings, ça va aller. On le décore avec amour, on installe des loupiottes sur nos poutres, on est ravis d'avoir des poutres, ravis d'habiter dans le 6e! J'écris «75006» sur mes courriers et ce n'est plus un mensonge. Malo ne remet pas les pieds à Ivry.
On fait des crises de boulimie ensemble, on se gave de glaces Amorino de l'Odéon et des cheesecakes de l'épicerie rue des Saints-Pères. On est fan de Meryl Streep, on pleure devant *Le Choix de Sophie*, on écoute en boucle la musique de *Out of Africa*. Mais notre complicité s'évanouit lorsqu'il s'agit de raconter nos journées: Malo est gêné de me parler du Conservatoire et je ne suis pas naturelle quand je lui propose de l'aide pour ses scènes. La seule que nous travaillons ensemble est celle pour le deuxième tour de l'audition des *Liaisons dangereuses*.
J'ai finalement accepté de revenir pour le rôle d'Émilie (parce que c'est John Malkovich bordel quand même!) et j'ai choisi de présenter la scène dans *La Ronde* de Schnitzler, que j'avais adoré jouer à l'atelier de Chantal.
Deux jours avant l'audition, Malo rentre à la maison le midi. On mange, puis on répète. Dans la scène il doit se mettre à genoux, m'embrasser les mains, le cou et moi je joue: «Non, non... enfin oui oui, je veux dire non non, mais si si, allez-y.» La grande technique de séduction avant #meetoo, maintenant

non c'est non, et tant mieux. Peut-être qu'une prochaine révolution féministe nous débarrassera du «fuis-moi je te suis, suis-moi je te fuis»? #nemesuispas #jenetefuispas.
Quand d'un coup Malo s'arrête et me dit: «Je ne peux pas jouer la scène.»
Je ne comprends pas. Il poursuit en tremblant: «Je ne peux pas jouer la scène, je ne te désire plus Rosa, je n'ai plus de désir pour toi. Je suis attiré par d'autres filles, des filles de ma classe au Conservatoire.»
Je ne dis rien. Il ajoute: «Je suis jeune.»
Je n'entends pas «des filles au Conservatoire», des filles qui y sont entrées à ma place, j'entends seulement «Je ne te désire plus» et cela me rappelle les mots de mon père pour ma mère. J'aurais tout donné pour: «Je ne t'aime plus, je te quitte parce que je ne suis plus amoureux de toi.» Mais ce n'est pas le cas. Et Malo continue de m'aimer encore longtemps. Mais on se sépare ce midi-là. Je parviens à lui répondre: «Sois là vendredi pour l'audition.»

L'audition

Nous entrons dans la salle obscure, plusieurs voix nous disent faiblement «Bonjour». Je ne distingue pas John Malkovich, je me demande s'il est bien présent.
Malo et moi démarrons la scène et très vite je m'envole. Je joue avec toute la folie du désespoir, je n'ai plus rien à perdre, j'ai perdu Malo, j'ai tout perdu. Je reprends le pouvoir sur lui dans les «oui» et dans les «non» de mon personnage. Quand elle le serre contre elle, je le serre une dernière fois contre

moi. Malo est déstabilisé, il joue un peu «en dessous», il ne s'attendait pas à ce que je sois de nouveau aussi belle. Pour la scène, pour le rôle, par vengeance, pour John Malkovich, je suis redevenue femme. L'orgueil blessé me rend puissante.
Quand la scène se termine, il y a un long silence puis s'élève la voix de John Malkovich, si particulière, unique: «Oui... Malo, c'est ça? Pour Danceny, c'est possible, oui, c'est très bien, il faut voir. Et... Rosa. Rosa, tu viens pour Émilie? Tu peux jouer Émilie bien sûr, puisque tu peux tout jouer. Tu peux tout faire. Accepterais-tu de revenir dimanche au troisième tour, pour le rôle de Cécile de Volanges? Si tu veux bien?»
Je sors de l'audition avec le cœur qui bat très fort, je n'arrive pas à m'arrêter de sourire. Je sais qu'il me reste un dernier tour mais les mots de John reviennent me caresser: «Tu peux tout faire.» Je les répète à l'infini, il les a dits avec tellement de sincérité, de conviction. Il a une telle confiance en moi.
Malo n'est pas retenu pour le troisième tour. Le rôle de Danceny est déjà distribué mais il reste quelques Valmont, Merteuil et Cécile à attribuer. Toutes les Cécile sélectionnées par la directrice de casting se ressemblent, de jolies maigrichonnes évanescentes. Je décide de jouer Cécile non pas comme une victime de Valmont, mais comme une jeune femme bien décidée à découvrir le sexe. La fameuse scène de viol où Valmont dépucelle Cécile est inversée. Je dépucelle Valmont.
John Malkovich rit et j'ai le rôle.
Quelques mois plus tard, les répétitions avec lui font partie des plus beaux jours de ma vie, on s'entend à merveille, je comprends tout ce que John me dit. Je continue de le surprendre et de proposer. Il me donne des indications incroyablement

pertinentes, toujours avec beaucoup de douceur, en commençant par « Je ne sais pas, si tu veux bien, on peut essayer… ». On rit beaucoup. Il est mon mentor, à la fois le père et l'homme idéal : fin, sensible, intelligent, créatif, enfantin, touchant. Il est, à lui seul, la réconciliation du féminin et du masculin. Sans prétention aucune. John Malkovich est joyeusement amoral, dénué de méchanceté, infiniment curieux. C'est quelqu'un qui se met naturellement à égalité.

Vieillir

Après *Les Liaisons dangereuses*, je travaille pendant trois ans, de 2012 à 2015. Je joue à l'Odéon sous la direction de Peter Stein puis à La Cartoucherie et aux Bouffes du Nord, dans une mise en scène de Georges Lavaudant.

Le buzz à la suite du succès de la pièce dure trois ans. Je passe en 2014 le casting pour la série *Dix pour cent*, encore trois tours dont je vous épargnerai les détails, mais je ne suis pas prise, finalement. Ce qui aurait éventuellement pu me faire décoller, à l'image, n'arrive pas.

J'ai vingt-cinq ans et on me dit déjà : « Tu n'as plus vingt ans. » J'ai vingt-cinq ans et on me fait comprendre que je ne suis plus une promesse.

Adrian

Je rencontre Adrian à un casting de pub. Il est grand, très beau! Un croisement entre Gaspard Ulliel et Paul Hamy. On se regarde longuement sans oser, ni l'un ni l'autre, faire le premier pas. Puis, par magie, un ami commun débarque et nous présente. Grand sourire, on échange nos numéros et on se revoit une semaine après.
La journée avant de le retrouver, je suis dans un état second, je ne peux rien faire, à part l'attendre en trépignant.
On va au restaurant, je n'arrive même pas à manger (très rare, pour moi!). On passe la nuit tous les deux, c'est parfait. On reste ensemble les jours qui suivent. Je trouve en lui tout ce qui m'avait manqué chez Malo: il me tient tête, il lit les journaux, se passionne pour la politique, vient d'une famille de grands reporters. Tout semble fonctionner à merveille.
Quand un jour, au petit déjeuner, il me dit: «C'est dommage que tu aies une petite bouche. Si tu avais une plus grosse bouche, je t'aurais épousée. Moi je veux que ma femme elle ait une tête de salope.» Il dit ça à moitié en riant, c'est son ton. Je ris, c'est de la provoc? Non, non.
Il m'emmène dans la salle de bains, prend mon visage dans ses mains et m'explique ce qui ne va pas: «Il n'y a pas que la bouche. Regarde Rosa, tu es prognathe. Tu as la mâchoire très avancée. Ça te fait un menton trop fort.»
Je prends rendez-vous chez un chirurgien esthétique et lui demande comment il peut m'aider. Il faut que je porte un appareil dentaire qui coûte quarante mille euros, je n'en ai pas les moyens.
Puis Adrian prend l'habitude de me comparer à d'autres femmes. Il me dit qu'il est fou d'Adèle Haenel. Tout en me

faisant l'amour. À vrai dire en faisant les meilleurs cunnis que j'aie reçus de ma vie. Je ne pars pas. C'est lui qui me largue. Et miracle, en me quittant il a ces mots: «Je ne suis pas amoureux de toi.»
Bon, ça change.
Je m'accroche, je lui écris de longs mails. J'ai remarqué qu'il avait des problèmes psychologiques, je veux l'aider. Il me répond que je suis folle et que c'est à moi de me faire aider.
Je suis chez moi, assise sur mon lit, et d'un coup c'est très clair: je vais mourir. J'appelle ma mère et je lui dis: «Je veux mourir.»
J'ai quelques rendez-vous avec des psys qui ne me conviennent pas du tout, trop durs ou trop mièvres. Une ex de mon père, psy renommée, lui conseille: «Qu'elle aille voir de ma part F. P. à Sainte-Anne.»
C'est ce psy qui parvient à calmer ma douleur.
Lors du premier rendez-vous, je suis dans une petite pièce claire avec lui et une infirmière. J'ai pleuré toute la nuit, je continue de pleurer. Je ne fais que parler d'Adrian, puisqu'il ne m'aime pas la vie ne sert à rien.
F. P. me demande depuis combien de temps je pense au suicide. Depuis l'enfance.
Le père de mon père s'est jeté dans la Seine.

Les cunnis d'Adrian

Adrian ne surjouait rien.
Ni l'excitation ni la joie.
Il ne se regardait pas faire, il faisait.
Il était modeste et confiant, appliqué.
Il était rassurant, suave, avec sa langue et ses doigts.
Il n'hésitait pas à poser une main autoritaire sur moi, si ma quête de l'orgasme devenait trop effrénée.
Je sentais que ça pouvait durer longtemps.
Et je pouvais choisir de ne rien surjouer, moi non plus, d'être peu à peu frissonnante, muette puis gémissante, les yeux grands ouverts ou fermés.
Il savait contourner, créer un espace intime et chaud, comme s'il soignait un oiseau blessé. Il ne mettait pas en avant sa propre excitation, c'était mon tour.
Il entretenait un rapport très juste avec sa bite: il savait parfaitement l'oublier sans la dénigrer. Il l'avait désacralisée.
Et c'était l'inverse de ma relation avec Malo, où tout tournait autour de sa bite. Malo avait beau être drôle, sensible, attentionné, au lit il était obsédé par sa bite. Même pas par son plaisir, mais par la vue de sa bite.
Il croyait en sa bite comme les premiers humains étaient polythéistes et croyaient en un dieu de la mer, du blé, des récoltes. Il lui vouait un culte. Comme une entité séparée de lui à laquelle nous deux rendions hommage en faisant l'amour.
Malo aimait tellement regarder sa bite qu'il en était arrivé à préférer la fellation au sexe pour mieux l'admirer dressée.
C'était ce qu'il me demandait, ce qu'il implorait, comme un enfant qui réclame un jouet, l'iPad, ne pas aller au lit.

Je cédais. Je l'aimais. Je me débarrassais. J'avais compris la mécanique.
Peut-être que je faisais ça bien, comme Adrian. Avec plus de jeu – Malo avait besoin que ça soit un peu plus surjoué –, mais je lui faisais tellement souvent qu'à la fin c'était fini les regards, la mise en scène...
Je faisais ça comme on médite, en chassant les pensées, en me concentrant sur autre chose.
En pressentant les mouvements, les accélérations nécessaires, en associant douceur et fermeté.
En lui laissant son temps après qu'il eut joui, pour lui. En respectant l'égoïsme de l'orgasme, pas de caresses inutiles après.
Mais Malo ne me faisait pas de cunnis en retour. Et j'avais fini par me dire: «On ne peut pas tout avoir, les meilleurs coups sont pas les meilleurs mecs... Les meilleurs mecs sont pas les meilleurs coups!»
Je me sentais même coupable. Je ne me trouvais pas assez gentille. Parfois, je soupirais agacée et disais à Malo: «C'est con ce que tu viens de dire.» Et ça le blessait. Alors je le suçais. Notre couple s'équilibrait de cette façon.
Quand les autres, nos amis, nous surprenaient en train de nous engueuler, si je disais un peu sèchement à Malo «T'as pas compris» et qu'un pote sous-entendait «C'est Rosa qui porte la culotte», alors je rassurais tout le monde: «Je le suce énormément.»
Nos amis riaient. Malo riait. Je riais.
Je suis une amoureuse effrayée. Quand je suis amoureuse, j'ai peur, peur que l'autre s'en aille. Et quand la peur me quitte, je ne sais pas si je sais aimer. Je sais sucer.

Divaguer

Sortir de son lit pour couler ailleurs.

Darty

En 2015, je passe un casting de pub pour la marque Darty. Le pitch: une jeune femme change une ampoule. Son copain arrive et s'émerveille: «Woah!» Elle se demande s'il se fout de sa gueule, apparemment non, il est simplement impressionné par elle. Elle répond: «Merci, c'est gentil!» S'ensuit la voix off: «On n'est jamais aussi bien servi que par Darty.»
Ne cherchez pas à comprendre. Je ne crois même pas que la pub soit misogyne et sous-entende qu'une femme ne sait pas changer une ampoule, je crois vraiment qu'elle ne veut rien dire.
En tout cas, c'est la scène à jouer! Les monologues de Victor Hugo sont loin, mais là, il y a quatre mille boules à la clef.
La directrice me cadre en gros plan et le réalisateur me demande, avec un accent américain:
— Est-ce que tu peux, toi, faire «woah»?
N'étant pas sûre de comprendre, je réponds:
— *I speak english if that's easier. What do you want me to do?*
Il précise:
— *Can you do the "woah" without context? Just a serie of "woah", please. That would be great.*

Je suis droite, je regarde le mur en face de moi et je répète plusieurs fois «woah». Je joue plus ou moins l'étonnement, en ouvrant grands les yeux, puis en toute simplicité.

Je suis prise.
Tournage à Barcelone. Cool. On voyage en première classe, hôtel cinq étoiles. C'est plus la grande époque de la pub mais il y a de beaux restes – même si les moyens déployés te font toujours relativiser le salaire: mettez-moi en éco, dans un hôtel lambda, et donnez-moi mille balles de plus! Ça marche pas comme ça.
La veille du tournage, je dîne avec l'acteur qui va jouer mon petit copain et l'actrice qui a une scène après nous l'après-midi (ils tournent plein de petits spots, sur plusieurs jours). Les deux ne dérogent pas à la règle: ils sont beaux, cons et ravis d'être là. De vrais acteurs de pubs.
Après s'être extasiés sur l'hôtel – «Je sais pas si on aura le temps d'aller au spa» –, ils étudient la carte:
— C'est nous qui payons ou la prod?
Je leur explique:
— C'est pris en charge, on a des *per diem*.
— Ah!
Dans ce cas ils comptent bien se faire plaisir.
— Quelle est la spécialité? Et si on partageait une planche avec de la *sobrasada*, du *butifarra*... et du *serrano*! Ça vous dit?! C'est parti!
La nana se réjouit d'avoir du temps le lendemain matin:
— Pendant que vous tournerez, je ferai mon yoga!
Je lui confie que je n'aime pas le yoga, j'ai essayé mais vraiment je m'emmerde... J'ajoute:
— Dommage, ça me ferait certainement du bien!
— Bah oui, carrément!
Elle est lancée, il y a plusieurs types de yoga, le sien est tonique alors elle n'a pas le temps de s'ennuyer! Mais elle finit toujours par de la relaxation, puis de la méditation.

Je bouffe le sauciflard espagnol en pensant que ça doit être facile pour elle de faire le vide, vu qu'elle n'a rien dans la tête, hin hin.
Le mec, Samir, me propose:
— Si tu veux, nous l'aprèm, on pourra visiter Barcelone.
Avec plaisir. Il est beau mais je ne me sens pas d'appétit sexuel. C'est à cause de la fille qui fait du yoga. Je la scrute:
— C'est grâce au yoga que tu es aussi mince?
— J'ai la chance de me goinfrer et de ne pas prendre un gramme! Parfois j'aimerais grossir un peu, pour voir!
Les connes se ressemblent toutes un peu. Qu'elles pratiquent l'Ashtanga ou le Vinyasa.
Le lendemain matin, tournage de la pub. Je reprends confiance en moi, l'équipe sur place est adorable, je m'amuse. Le réalisateur sourit à mes propositions derrière son combo. On va déjeuner dans un restaurant qui propose une ribambelle de petits plats, chacun doit composer son assiette.
Le réalisateur arrive et voit la mienne:
— *That's exactly what I want!*
Je propose, de bonne grâce:
— *Take it!*
Je vais me resservir puis m'assois à côté de lui.
Tout ce que je dis le fait rire. Le directeur de prod nous regarde et lui lance:
— On y retourne, Rick?
Ils doivent faire une mise en place pour la scène de l'après-midi. "*Yes, yes...*" Rick me dit que tout le monde va boire des coups le soir dans un super bar, «Est-ce que ça te dit?». Bien sûr. Je vais me promener l'aprèm avec l'acteur en attendant de retrouver le réal.
Le soir venu, l'air est chaud. Le bar est en effet assez cool, plutôt chic, banquettes en velours rouge, bons cocktails.

Je discute avec Rick. Je lui dis que j'ai découvert la série *Louie* et que j'en suis folle.
— *Oh my God, Louis CK is my hero too!*
Rick me demande ce que je fais dans la vie quand je ne change pas des ampoules. Je suis actrice... Juste actrice? Non, j'ai réalisé un premier court-métrage qui circule en festival. Il me fait promettre de lui envoyer le lien Vimeo.
Le bar ferme, direction l'hôtel, pour un dernier verre. Samir est avec nous. On cherche un taxi. Rick, bourré, dit qu'il est juif et que les Arabes sont ses frères, les deux se prennent dans les bras:
— *We are brothers!*
Je hèle un taxi.
Samir s'assoit devant. Rick donne l'adresse de l'hôtel puis soupire de bonheur. Je suis assise à côté de lui, il met une main sous ma fesse. Je souris. Il veut dire quelque chose.
— *You wanna say something?*
Rick me dit qu'il a quelqu'un. Bon... Ce qui arrive à Barcelone reste à Barcelone? Je ne compte pas le revoir de toute façon.
On est dans sa chambre. Je m'allonge sur le beau grand lit d'hôtel. Samir nous a suivis, il confie à Rick qu'il aimerait bien faire autre chose que de la pub, avoir de vrais rôles, dans des films. Rick le rassure, lui dit qu'il a un physique très intéressant. Je m'impatiente, Rick m'attrape le pied.
Samir finit par comprendre (enfin!) qu'il est de trop.
Je suis seule avec Rick, j'ai dessaoulé et le trouve un peu gros, j'espère qu'il va garder sa chemise. Il monte sur moi. En effet il n'est pas léger, on tombe par terre; ma tête rencontre une chaussure, il envoie valdinguer la godasse, me déshabille. Il a l'air sincèrement ému, me dit que je suis très belle.
Le lendemain matin, c'est lui qui me réveille: "*Wake up Rosa, I can't miss my flight.*" Il a l'air extrêmement stressé. Je me

rhabille lentement, j'ai un peu mal à la tête. Il me demande d'être discrète en sortant de sa chambre.
À l'aéroport, je me refais la scène et suis un peu choquée de son comportement, de ses regrets si franchement affichés. Au moment de mettre mon portable en mode avion, je vois un mail de Rick: «Oublie pas de m'envoyer ton court-métrage.»
Bah alors, qui c'est qui est à donf?
Quelques semaines plus tard, alors que je l'ai complètement oublié, il me relance:
"Please send me your movie, I really want to see it."
Je lui envoie le lien, ça coûte rien.
Rick m'écrit que c'est le meilleur court-métrage qu'il ait vu de sa vie (!), il veut me revoir, il a un projet à me proposer.
Ok...
On prend un verre dans un café rue du Faubourg-Saint-Denis.
Il me paraît plus beau qu'à Barcelone, mais je lui dis tout de suite: «Je ne serai pas ta maîtresse. On ne va pas recoucher ensemble. Mon père a trompé ma mère et moi je ne serai jamais cette femme, *l'autre.*»

La Piscine

https://vimeo.com/112817087
Mot de passe: rosapiscine

Petit film muet de neuf minutes qui suit la journée d'une jeune femme ayant décidé d'aller à la piscine mais qui n'arrive pas à sortir de chez elle. Toutes les excuses sont bonnes pour retarder le moment de partir.

La Piscine est une réflexion sur la procrastination et le corps. Devant son miroir, l'héroïne s'habille, se déshabille, contemple ses bourrelets, danse.
Spoiler alert: elle réussit à quitter son appartement, en maillot de bain, et court jusqu'à la piscine municipale. Celle-ci est fermée. Notre héroïne, désespérée, erre jusqu'à la Seine, se retrouve sur le pont des Arts. Elle admire l'eau, enjambe la barrière et saute. Elle se baigne enfin!

Canine

«C'est pour recoucher avec moi que tu dis que mon court-métrage est un chef-d'œuvre?» Non, non, Rick se défend. Il a vraiment adoré *La Piscine*: l'ambiance, l'image, le côté clownesque, le ton.
Il me dit qu'il a lui-même réalisé un court-métrage il y a quelques années, qui a eu un prix à Sundance. Depuis il n'arrive pas à passer au long et se méprise de réaliser des pubs. Il déteste tout dans la pub: les gens, le fric, tout.
Il propose qu'on écrive un long-métrage ensemble. J'accepte. Rick me dit qu'il est important qu'on ait des références communes. Il veut absolument me montrer le film *Dogtooth* de Yorgos Lanthimos. On le voit chez moi, sur mon ordinateur, tous les deux assis devant mon bureau.
Rick me regarde regarder le film. C'est très flatteur. C'est la première fois qu'un homme scrute chacune de mes réactions devant un film. Il rit quand je ris, heureux que le film me plaise. Je ne bronche pas devant les scènes gore ou sexuelles, étranges. J'entends Rick avaler sa salive.

Tu devrais me payer

Rick vient souvent chez moi, on ne parle que de films. Si on aime tous les deux très fort le cinéma de Nuri Bilge Ceylan et Paul Thomas Anderson, on a aussi des désaccords et ça monte vite dans les tours. Rick provoque les engueulades, ça l'excite.

Il me dit que Judd Apatow fait des films trop longs et sentimentaux, je lui réponds que c'est bien dommage pour lui de ne pas savoir apprécier la qualité d'un *Funny People* ou de *40 ans, toujours puceau.* On s'entend sur *Frances Ha* de Noah Baumbach, sur Wes Anderson (1. *Rushmore*, 2. *La Famille Tenenbaum*, 3. *The Grand Budapest Hotel*), mais il n'aime pas *Precious* de Lee Daniels alors que j'ai adoré. Il trouve le film facile, de mauvais goût; c'est exactement ce qui fait pour moi son charme, son apparent mauvais goût.

Quand il veut m'entendre crier il aborde le sujet Kechiche, me dit qu'Adèle Exarchopoulos est la femme la plus bandante de l'univers et que *La Vie d'Adèle* est un grand film. Ça marche, je hurle: «Y A QUE DES GROS PLANS! TOUT LE FILM EST UNE SUCCESSION DE GROS PLANS! LA CAMÉRA NE S'ÉLOIGNE JAMAIS! C'EST PAS DU CINÉMA!»

On se réconcilie. Après m'avoir mise hors de moi il me couvre de compliments, me dit que je suis plus intelligente que lui. Il observe ma bibliothèque, me demande si j'ai vraiment lu tous ces livres.

Oui.

Il me teste, en prend un au hasard:

— De quoi ça parle?

Je lui réponds:

— Rien qu'un Américain puisse comprendre.

Il adore, rit. Je surenchéris:
— Tu n'es même pas allé à Harvard.
Piqué, il défend son université, je le coupe:
— C'est Princeton? C'est Yale? C'est Columbia? C'est Stanford? Non? Bah c'est de la merde!
Dans ces moments-là, il me soulève - ça me fait rire nerveusement - et me balance sur le lit. On s'allonge l'un en face de l'autre. On ne passe pas à l'acte. On résiste. Il prend mon visage dans sa main.
Pendant plusieurs semaines, le désir monte. Un lundi, je lui demande s'il a passé un bon week-end et il me répond *oui* avec un regard malicieux. Je devine tout de suite:
— T'as baisé avec ta femme?
Il est impressionné par ma clairvoyance et acquiesce; en effet, ils sont sortis le samedi soir, ils ont beaucoup bu puis beaucoup baisé en rentrant. Ça faisait longtemps qu'ils n'avaient pas fait l'amour comme ça. Je ne suis pas étonnée, je formule ce que je viens de comprendre:
— C'est grâce à moi, tu es de nouveau excité.
Il hoche la tête lentement. J'ajoute:
— Tu devrais me payer.
Une voix intérieure m'implore: «Dis-lui de partir!» Une autre murmure, sournoise: «Attends encore, peut-être que vous allez vraiment l'écrire, ce film?» Je n'arrive pas à choisir, je ne sais pas faire taire les voix, ni les écouter, elles ne sont pas à moi.
Je suis sous antidépresseurs depuis trois ans.
Je prends dix milligrammes de Seroplex par jour. C'est un «inhibiteur de la recapture de la sérotonine». Le mot «inhibiteur» me rassure, je me dis que le médicament m'aide à retenir ce que je ne veux pas dire aux directeurs de casting,

réalisateurs, acteurs, scriptes, costumières, maquilleuses… Et surtout, ça plafonne mes émotions. Quand elles montent en spirale, au lieu de jaillir hors de moi elles touchent quelque chose en haut, de dur, qui les bloque. Au lieu d'exploser, je m'endors.
Ça ne m'empêche pas d'avoir des colères mais ça m'aide avec la peine, disons que ça la floute. C'est peut-être ce flou qui fait que je revois Rick. Et recouche avec lui.
Je ne suis pas Mère Teresa, je ne suis pas là pour pimenter son mariage, je prends ce que j'ai à prendre. Et je commence à pardonner à mon père. En tout cas, je comprends mieux *l'autre*.

38/40

J'ai tourné dans des pubs gros budget et des pubs petit budget. Gros budget, c'est la pub Orange, par exemple. Tournage en Australie à cause du coup de cœur de l'annonceur et des créas pour un réalisateur australien. Or, ça tombe bien, le script mentionne un désert de pierres rouges. (Le couple joue aux jeux vidéo en tirant sur des vaisseaux spatiaux qui arrivent du ciel. Ils recherchent un appartement, d'où le slogan «Faites tomber les murs!» pour la nouvelle Livebox. Ne cherchez pas, je vous dis.) Donc direction Sydney.
Tout ce beau petit monde, les clients, l'agence et la prod, partent avec les acteurs, vol business class sur Etihad Airways. Vingt heures de champagne et petits-fours, servis par des hôtesses de l'air incroyablement élégantes.
Tout est prévu pour que les acteurs ne soient pas trop *jetlag*, les deux premiers jours sont réservés à la visite des environs de

Bondi Beach. Le rooftop-piscine de l'hôtel est très agréable; les smoothies banane-mangue du petit déjeuner délicieux… On tourne dans le fameux désert de pierres rouges puis dans les studios de la Fox. À côté, Ridley Scott finit un *Alien*. L'une des scènes de notre spot est censée se dérouler en Antarctique, ils recréent un igloo; des habilleuses me réchauffent les pieds, on me prête un manteau isotherme. Apparemment, le dernier à l'avoir porté est Tom Hardy pour *Mad Max*. Les équipes nous racontent ses disputes avec Charlize Theron.
Le soir, c'est dîner dans un restaurant argentin qui sert des pièces de bœuf haut de gamme. Le lendemain, on va au meilleur restaurant de sushis de Sydney. La déco est somptueuse, à la fois ultra moderne et orientale: il faut s'asseoir sur des coussins par terre… Et que ça se ressert en whisky et que ça se prend pour les rois de la terre.
Les prods et les créas ne me proposent pas de les accompagner à une *after-party*. Je comprends qu'ils veulent y aller entre mecs, peut-être pour se taper des putes? Ils ont mentionné au cours du repas la laideur des Australiennes, «mastoc, vulgaires, des femmes de bagnards quoi, hyper entreprenantes, des bonshommes». Bref, c'est décadent.
Même pour moi qui aime le luxe, à un moment j'ai envie de crier: «STOP LES CIGARES! AVEC LE BUDGET DE CETTE PUB, ON PEUT PRODUIRE DEUX LONGS-MÉTRAGES, QUATRE COURTS-MÉTRAGES ET SIX CRÉATIONS THÉÂTRALES!»
Oui pardon, je suis plus branchée culture que *faim dans le monde*.

Et il y a les pubs petit budget. Pourquoi petit budget? Parce que ce n'est pas pour la télé ni le cinéma, seulement pour

Internet; parce que la diffusion ne s'étale pas sur deux ans mais sur deux mois. Parce que c'est seulement pour la France, pas pour d'autres pays, voilà, sans achat d'espace, seulement de l'affichage numérique, bla-bla-bla.

Dans cet esprit, je suis choisie pour un petit spot web Nescafé. On est loin de l'univers des pubs Nespresso avec George Clooney, là il ne s'agit pas de *What else?* mais de touillettes: je joue une jeune femme qui boit son café la touillette à l'envers, un collègue le lui fait remarquer, oups, elle rougit et le remercie (décidément, ce que j'ai pu dire «merci» à des cons), complicité entre les deux, voix off: «Tout commence avec un Nescafé et une touillette! *It all starts with a touillette.* Nescafé.»

Bon, vous êtes loin d'imaginer le drame qui va suivre.

Quelques jours avant le tournage, la costumière m'appelle:

— Ouais, Rosa? C'est Sonia, je m'occupe des costumes pour le spot Nescafé, ouais. On va pas avoir le temps d'faire des essayages donc tu m'envoies un mail avec tes mensurations et on verra tout sur place, d'accord?

— D'accord... Je fais du M pour les hauts et un 38/40 en bas.

— Ça marche, bah tu m'envoies tout ça.

Je lui écris par mail ce que je viens de lui dire au téléphone.

Le jour du tournage arrive. Le jeune réal, Bastien, m'accueille, très sympa. Je le laisse réfléchir au cadre avec son chef opérateur et les cliques habituelles: client, agence, prod, créas... Même pour les pubs petit budget, chacun a son mot à dire. Je me dirige vers la salle dédiée aux costumes:

— Bonjour Sonia!

— Ah Rosa, salut, je t'ai tout mis derrière le pendrillon, t'as plusieurs options à essayer.

Je regarde les fameuses options: il y a un souci.

— Sonia?
— Ouais?
— Tu ne m'as pris que des hauts en S et du 34/36 en pantalon. Je t'ai dit que je faisais un 38/40.
Elle blêmit et bredouille:
— Bah essaie quand même!
Je me crispe:
— Je vais essayer mais ça ne sert à rien, c'est pas ma taille. Je te l'avais indiquée dans mon mail.
J'enfile les tenues choisies par Sonia: je rentre tant bien que mal dans les chemises et les pulls même s'ils me boudinent les bras, par contre impossible de remonter les pantalons; ils sont tous trop petits et restent bloqués au niveau des cuisses. Je sens les larmes monter. Je respire. «Sonia?» Je la cherche, elle n'est pas là. Je remets mon jean. Sonia revient avec Bastien, il a l'air très embêté. J'apprends plus tard, par l'acteur qui joue mon collègue, que Sonia a dit à tout le monde que j'avais menti sur ma taille.
Bastien regarde mes cuisses, emmerdé: «Bon, bon, bon...»
J'essaie de dédramatiser, tente une blague puis propose: «Au pire je garde mon jean?»
Hummm... On m'emmène au plateau. Tout le monde m'examine, le chef op a une solution: ne pas me cadrer en bas? Bastien déteste mon jean. La prod, elle, aime bien mon jean. Les créas sont pas fans. L'agence s'en fout. Le client est contre: «Le jean, là, ça va pas du tout!»
Sonia-faux-cul rappelle qu'elle «avait prévu plein de jolis pantalons de couleur, quel dommage...». Soupirs énervés, l'ambiance est tendue.
Bastien demande: «Y a pas une fille qui a un pantalon large?»
Tout le monde se regarde. Les régisseuses portent des baggys

kaki, ça ne va pas. Les maquilleuses sont en jupe et c'est du 34/36, ça ne va pas nous aider...
Tant pis. On ne fera pas de plan d'ensemble. Juste un plan serré avec le comptoir, les tasses Nescafé et les touillettes. Allez vite, on est en retard.

J'en ai dix mille, des anecdotes comme celle-ci. Des maquilleuses qui me consolent: «Au moins tu as une belle peau, c'est parce que tu manges bien! Les filles trop maigres ont la peau qui vieillit vite! En plus tu fumes pas? C'est parfait. La clope c'est pratique pour sauter le dessert mais alors bonjour le teint gris! T'as un peu de cernes, mais je vais rattraper ça, ma cocotte.»
Le nombre de fois où j'ai entendu: «On ne peut pas tout avoir... Au moins, tu as un joli visage! Mais c'est vrai que comme tes traits sont fins, on s'attend à ce que tu sois plus fine en bas...»
De la part d'amies actrices: «C'est ton métier, Rosa, de faire un 36! Du 38, max! Ce n'est pas professionnel de faire un 40... à ton âge! Tu vas faire du combien quand t'auras des gamins?!»
C'est toujours pour mon bien qu'elles disent ça, elles veulent m'aider: «Tu manges quoi? T'as mangé quoi hier par exemple?»
Et moi j'avoue: «Une salade... puis... une mousse au chocolat.»
Je n'arrive pas à me passer de chocolat. Ça pourrait être pire, comme drogue.
Mon père met cela sur le compte de «ta mère, ta grand-mère, le sucre, toujours du sucre!».
Il se veut rassurant:
— Toutes les actrices ne sont pas aussi belles que ta copine Maryam. Regarde Josiane Balasko! Ou Anémone, moi j'ai

bossé avec Anémone, très sympa... Tu ne te souviens pas? Je te l'avais présentée quand t'étais petite. Y a qui d'autre... Celle qui joue une flic, l'ancienne prostituée, heu...
– Corinne Masiero?
– Voilà! Elle n'est pas très belle! Et l'autre aussi, là, des Deschiens, comment elle s'appelle?
– Yolande Moreau?
– Yolande Moreau! Très bonne actrice! Et elle n'est pas très belle! Tu vois!

Liste de choses agréables

Se balancer dans un hamac.
Ce qui n'est pas prévu, ce qui arrive par hasard,
Quand la vie fait des surprises, quand l'on se surprend soi.
Le bruit de la mer, les discussions d'oiseaux. Les fameux tout premiers rayons de soleil, en sortant de l'hiver, quand il fait encore froid,
La chaleur du soleil mêlée à l'air frais.
L'intérieur nacré des huîtres. Inventer la vie de la petite fée qui dort dans la coquille.
Contempler ce qui est plus large que soi, ce qui englobe; les branches des grands arbres et les toutes petites feuilles, avec de mini veines un peu poilues, la mousse, tout ce qui est souple et se décolle facilement.
Un chat qui plisse les yeux. Trop mignon, quand l'œil gauche se plisse mais que l'œil droit reste un peu ouvert, il tend une patte.
Le pain avec le beurre salé et du miel et du thé.

Le côté ANCESTRAL du miel, sa couleur, pierre d'ambre, sa texture sexy.
Les habitudes. Être son propre chef.
Le silence – perturbé par le bruit d'un petit bateau qui pète.
La rosée qui brille. Les balançoires.
Retrouver le frisson qu'on avait petite, d'avant en arrière, pressentant déjà que ce serait ça le mouvement de la vie, foncer de toutes ses forces en avant, se laisser tomber en arrière.
Tomber amoureuse.
Écrire en français.
Se parler gentiment, se défendre, si si, c'est toi qui as raison, tu as eu tout à fait raison, ma belle.
Trouver un compromis entre son absolu désir de plaire et sa fureur de déplaire.
Engloutir les pâtes, celles avec de bonnes tomates et du basilic. Elles nous font un rouge à lèvres piquant.

Un aphte

Je ne peux pas m'empêcher de me demander ce que j'ai fait de mal quand j'ai un aphte. C'est quoi? Les noix, l'orange? Pourquoi Dieu me punit à la langue? C'est parce que j'ai parlé?

Écrire un film

Rick et moi ne parvenons pas à écrire un film ensemble. Le sexe n'aide pas, même si on ne le fait pas si souvent que ça. On le fait même très peu.
Rick culpabilise énormément. Il me raconte qu'avant son «dérapage» avec moi, à Barcelone, il n'avait jamais trompé sa femme. Par contre elle l'a trompé une fois, à l'étranger, lors d'un voyage d'affaires – je n'ai jamais compris son métier, juste qu'elle voyageait beaucoup, était très souvent absente. Rick et elle ont une fille de cinq ans. Ils n'arrivent pas à avoir un deuxième enfant, ils ont un peu laissé tomber.
Ils se sont rencontrés à la fac puis elle a eu un poste en Ukraine et ils ont décidé de rester en Europe.
Lors de leur avant-dernier passage aux US, ils se sont mariés à Las Vegas. Rick me dit que c'était ce qu'il y avait de plus pratique. Il ne porte pas d'alliance. Il me répète souvent que ça fait loooongtemps qu'il est avec sa femme. Concrètement, ça fait dix-huit ans.
Il a douze ans de plus que moi. J'ai vingt-cinq ans, lui trente-sept.
Cela ne me fait pas très plaisir d'apprendre que notre nuit

à Barcelone n'était pas totalement le fruit du hasard mais un acte quasi prémédité de sa part pour se venger de sa femme, pour qu'ils soient à égalité.
Il n'avait pas l'intention de me revoir, mais mon court-métrage a changé la donne, il pense vraiment qu'on peut écrire un film ensemble. Il croit en mon talent, résiste à mes avances (la situation s'inverse) et m'encourage à trouver un mec.
Plus il résiste, plus il me dit de trouver un gars, plus je veux baiser avec lui. Et ne parviens pas du tout à me concentrer lors de nos séances d'écriture.
On *brainstorme* lors de longues marches dans Paris, je lui montre mon endroit préféré, les Arènes de Lutèce; on va aussi boire des verres dans de petits hôtels chic, d'anciennes maisons closes. On s'arrête devant les magasins du 9e qui vendent des pièces de monnaie de collection.
Rick est fasciné par ma collection de timbres, je lui tends un album: «Tiens, prends-le, pour ta fille.» Il refuse. Mais ça nous questionne: et si c'était ça, l'histoire qu'on voulait raconter? Celle d'un timbre? Lequel? Et si c'était le one-cent-magenta de Guyane britannique? Le timbre le plus rare du monde parce qu'il a été mal imprimé, en jaune au lieu de vert. Ça nous fait rire. Un timbre anodin vendu pour neuf millions et demi de dollars... Est-ce qu'on tient quelque chose, le point de départ du film? Une vente absurde.
Je me rends compte que j'aime Rick sans rien attendre de lui. Et je suis presque soulagée de cette forme d'amour, sans engagement.
Mais le film ne s'écrit pas. On s'égare. Rick est obsédé par les images, il pense en concepts, comme un pubard, alors que j'ai besoin d'anticiper: début, milieu, fin. Lui piétine: et si

j'étais allongée, plan fixe, sur un sofa dans une position très lascive, comme l'*Olympia* de Manet, et que la caméra restait sur moi longtemps, très longtemps, sans qu'il ne se passe rien, au point que ça déstabilise le spectateur, puis le téléphone sonne, répondeur: «Souhaitez-vous réduire votre facture d'électricité?»
Je n'en peux plus de ces bonnes idées de clip, de sketch, je m'énerve, lui dis qu'il est snob, que son obsession pour l'esthétique est un moyen d'éviter l'émotion. On se sépare toujours en plein milieu de la rue. Puis on se retrouve. Une fois, il m'accompagne chez le dentiste, j'ai encore un problème avec mes implants dentaires. En sortant j'ai du coton dans la bouche, la tête dans le coaltar, il est heureux: je ne parle plus, je ne le contredis plus. Moi ça me donne un peu envie de baiser, de me sentir faible.
Ça dure comme ça longtemps.

Le deuxième enfant

Un jour, à la terrasse d'un café, Rick m'annonce qu'il va être père de nouveau.
Alors que ça faisait des années que sa femme et lui essayaient d'avoir un deuxième enfant, sans y parvenir. Et cet échec donnait du sens à notre histoire, mettait son couple au passé.
Or la nouvelle change tout.
Je me lève, je pars du café.
J'ai envie de vomir.
Je cours jusque chez moi en larmes, je me sens infiniment sale.
Il sonne à ma porte. Entre-temps, je réalise que j'ai oublié

mon téléphone portable. Je lui ouvre pour lui dire d'aller le récupérer au café.
Il revient.
Je pleure par saccades, en tremblant. Il pleure avec moi. Il est bruyant, il chiale comme un petit juif pourri gâté de la banlieue de New York, gavé aux cornichons. Je le déteste, je déteste ses petites dents jaunes. Il prend tout, il me copie. Je sais qu'il pleure sur lui-même et qu'il est un peu fier de me montrer sa sensibilité.
Il me serre dans ses bras, je le laisse faire, comme ça je vois pas sa tête. Il bande. Je me mets à le caresser. La haine et le dégoût qu'il m'inspire m'excitent étrangement, ou je veux juste lui toucher la bite pour le faire taire, qu'il arrête avec les glaires et tout ce qui lui sort du nez, là.
Il gémit, se relève, me demande pardon.
J'en ai marre, je lui dis de partir, «C'est fini, allez», je le pousse, je l'insulte, «Casse-toi, maintenant, allez casse-toi bien».
Il reste dehors devant la porte, à me demander pardon.
«Casse-toi, dégage, le film c'est fini, je bosse plus avec toi, tu me touches plus, je te donne plus rien, mon corps, mes idées, mon temps, c'est fini. Pauvre merde, va baiser ta femme, laisse-moi tranquille, je te défonce en tout, je suis beaucoup trop bien pour toi, je suis plus belle, plus intelligente et plus talentueuse que toi, alors va niquer bobonne, dégage, dégage, viens pas souiller ma vie, va réaliser tes pubs à deux balles, va regarder tes films grecs, va te branler sur Adèle Exarchopoulos, je m'en fous, occupe-toi de tes deux filles, tu vas avoir deux filles maintenant.»

Parichat

Je n'ai pas d'amis à qui confier ma peine, après ma séparation avec Rick. Maryam me dit ce que tout le monde me dit:
– Un mec marié, tu t'attendais à quoi?
J'ai jamais eu beaucoup d'amis. C'est aussi pour ça que j'ai créé mon podcast, pour m'en faire! Enfant, j'observais les autres jouer dans la cour, sans jamais participer, à un-deux-trois soleil, à la corde à sauter. Je les regardais, de mon banc, jouer à chat, courir à toute vitesse à «garçon attrape fille».
J'ai peut-être osé demander une fois ou deux si je pouvais jouer. Mais je détestais tout effort physique. Les petites filles faisaient la roue dans le préau, j'en étais incapable, je faisais la galipette. «Tu sais faire la galipette arrière?» Non, juste la galipette avant.
J'étais secrètement amoureuse de Thomas Legal, qui ne me voyait pas.
Le seul jeu qui me plaisait et me permettait d'interagir avec les autres enfants, c'était les pogs. Ils s'ajoutaient à ma collection de timbres, d'autocollants, de cartes postales, de pierres semi-précieuses, de statuettes de chats en porcelaine, de bougies parfumées, de billes plates...
J'aimais bien le silence et la concentration autour du jeu des pogs, à deux seulement.
De temps en temps, je discutais avec Leïla, mais elle avait son propre groupe. Ou avec Aïssa, mais elle aussi avait son groupe. J'étais à la recherche d'un électron libre, comme moi. J'avais trouvé Parichat, une petite fille thaïlandaise, adoptée.
Si moi j'étais la grosse vache, elle, on se moquait surtout de son prénom: «Hé Paris-chatte, t'es la chatte à Paris?!»

On traînait ensemble, par défaut. Elle n'était pas très marrante, je crois même ne jamais l'avoir vue sourire.
Sa mère était très sévère; je la trouvais extrêmement vieille, c'était la seule maman à avoir des cheveux gris. Je n'avais qu'une hâte, c'était de me débarrasser de Parichat pour avoir de vrais amis.
C'est ce qui arriva au CM2. La psy et les cours de théâtre aidant, je perdis du poids, gagnai en confiance et intégrai le groupe d'Aïssa. Pour célébrer ce changement, je décidai de bien faire comprendre à Parichat qu'elle n'était plus du tout mon amie et menai un commando contre elle.
Je déclarai aux filles de mon nouveau groupe que Parichat avait répété le nom de nos amoureux et qu'il fallait la punir. Les filles me suivirent, un peu étonnées du charisme diabolique de leur nouvelle recrue. Je me jetai sur Parichat et l'enfermai dans les toilettes. Je dis aux filles: «Prenez le papier toilette, mouillez-le et envoyez-le sur Parichat.» Il y avait de l'espace en haut et en bas du cabinet où on l'avait enfermée. Et pendant toute la récré, on balança du papier mouillé sur elle en riant. Elle n'avait même pas l'air de pleurer.
Cet acte me délivra de Parichat et m'assura une place de choix dans le nouveau groupe: les filles étaient terrorisées à l'idée de se disputer avec moi et de subir, à leur tour, un châtiment cruel.

Les groupes

Même période que l'école primaire, mêmes échecs avec les colonies de vacances.
Mes parents m'envoient dans une colonie musicale. Les petites filles font de la flûte, elles ont de jolies nattes et imitent les petits rats de l'opéra dans *L'Âge heureux* en tournoyant sur la pointe des pieds, les bras en l'air.
Je reste dans ma chambre toute la colo, à manger des bonbons et à lire les lettres que ma mère m'envoie. Elle y joint des photos de notre chat, Max, et décrit son comportement: «Aujourd'hui Max s'est passionné pour une tache de lumière sur le mur, il l'a chassée pendant deux heures! J'espère que tu ne restes pas trop dans ta chambre et que tu sors un peu, ta maman qui t'aime si fort.»
J'écris en retour: «Tu me manques maman, Max aussi, je n'aime pas la flûte à bec, peux-tu m'envoyer encore un colis avec des bonbons?»
L'été du CM1 au CM2, ma mère nous envoie, ma petite sœur et moi, dans une colonie juive, de sépharades. Tous les midis, ils hurlent en tapant sur la table: «ET ILS SONT OÙ LES ALGÉRIENS?! ET ILS SONT OÙ LES TUNISIENS?! ET ILS SONT OÙ LES MAROCAINS?!»
Ma petite sœur et moi ne tapons pas sur la table, nous sommes les seules d'origine polonaise. Deux Bursztejn perdues au milieu des Boutboul, Benhayoun, Benchemoul, Bensoussan... avec lesquels Anna réussit à sympathiser. Ce n'est pas mon cas. Je me fais remarquer dès le début de la colo en déclarant que je suis contre l'État d'Israël. Tous s'agglutinent autour de moi: «Comment ça?! T'es contre Israël?»
Des monos me reprennent:

– Tu veux plutôt dire que tu ne soutiens pas la politique d'Israël?
– Non non, je suis contre Israël. Je ne pense pas que les juifs ont une terre, je pense que notre destin, c'est la diaspora, l'errance. Il n'y a pas de terre des juifs.
Murmure choqué. J'en rajoute une couche:
– Les juifs en Israël sont bêtes et n'ont pas de culture, contrairement aux juifs français, qui sont plus courageux.
Voilà... donc zéro ami.
Le vendredi soir arrive, je refuse de faire shabbat. Je ne veux pas garder les lumières éteintes, j'allume ma brosse à dents électrique par provocation, je pète un plomb, les monos essaient de me calmer. Je hurle que je veux utiliser le téléphone. Ils cèdent, j'appelle la maison, c'est mon père qui répond. Je lui dis qu'on fait tout le temps des prières, même tôt le matin, à jeun, et que j'ai tout le temps peur de m'évanouir tellement j'ai faim. Mon père prend la voiture et vient nous récupérer dans la nuit. Il engueule ma mère: «Qu'est-ce qui t'a pris de les envoyer chez les religieux?!»
Tout change l'été du CM2 à la sixième: ma mère trouve une nouvelle colo, juive encore, mais non religieuse: Corvol.

Le secret d'Alexandre

Je pense que si je suis sans filtre, c'est dû à l'obsession de ma mère pour sa judéité. Au fait qu'elle ait découvert si tard ses origines. Le mensonge dans sa famille, le mensonge de sa mère, ma grand-mère, qui ne voulait pas parler, qui avait honte même. Elle avait hérité de son père *la honte d'être juif.*

Mon arrière-grand-père, Alexandre Agid, avait caché à sa femme et à ses enfants sa famille en Ukraine. Ma grand-mère n'a jamais rencontré ses tantes; elles furent brûlées vives avec leurs maris et enfants dans la synagogue de Lemberg en 1941.

Entre moi et moi-même

Je me masturbe rarement quand je suis excitée.
Déjà l'excitation physiologique, les fameux «papillons dans le ventre», sont hyper rares. Ce n'est pas ça le déclencheur, non. Ce sont les circonstances d'intimité. Lieu, position, état d'esprit… température.
Je me masturbe dans une chambre ou dans un coin du salon, à l'abri de regards imaginaires.
Dans un lit, allongée sous une couette.
Sur un canapé, sous une couverture.
Assise sur une chaise, contre une table.
Seule, au calme, au chaud.
Je me masturbe le matin, au réveil, quand je ne veux pas sortir du lit.
Je suis immobile, clouée aux draps.
Somnolente.
J'ai la flemme de me lever, de bouger, du moindre geste.
Je retarde la confrontation au froid, hors du lit, de l'eau sous la douche. Je me masturbe d'ailleurs plus souvent l'hiver que l'été. Jamais sous la douche à vrai dire, peut-être à vingt ans, une fois, histoire d'essayer le truc du pommeau, mais rien ne vaut sa main.

Je mets justement ma main sur mon sexe, parce qu'il est chaud, pour me tenir chaud. Je respire mes doigts.
Je me masturbe rarement quand j'ai faim, l'envie de manger me fait illico sortir du lit. Par contre, je me masturbe presque toujours quand j'ai envie de faire pipi. Je me touche par flemme d'aller aux toilettes, en retenant l'envie de pisser. Si je commence avec la main gauche, je reprends assez vite avec la main droite.
Ce sont des ronds précis, une quête: stimuler le clitoris, sans le contrarier.
C'est comme si je prenais plaisir à toucher la peau qui jouxte une plaie.
Parfois ça m'échappe.
Parfois ça prend très longtemps.
Je compte, pour chasser les pensées importunes: *Un, deux, trois* – ça va venir, ne pas me déconcentrer –, *quarante-trois, quarante-quatre, quarante-cinq* – souffler, reprendre au hasard –, *soixante, soixante et un, soixante-deux...*
Si je suis au début d'une histoire avec un mec que je désire très fort, je pense à lui. Mais ce n'est pas très efficace. Ce qui marche c'est la discipline, répétitive.
Ne surtout pas s'arrêter, quand l'orgasme vient, aller jusqu'au bout.
Les orgasmes ne sont pas tous de même qualité mais souvent ils sont très satisfaisants. Je me redresse et ouvre les yeux, éberluée, contente, assez fière.
Je croise mon regard dans le miroir, je me trouve belle.
C'est une excellente manière de commencer la journée. C'est entre moi et moi-même.
Les gens que je croise après ne savent pas que je me suis

organisé une petite fiesta maison. Fiesta qui peut aussi avoir lieu l'après-midi, si je travaille longtemps assise, chez moi.
Je me masturbe assez peu le soir.
Je m'endors devant des documentaires Netflix sur des serial killers. J'oublie mon sexe pour oublier le sexe. C'est pour ça que je ne bois jamais seule non plus. Dès que je suis ivre, lascive, l'idée me vient.
Couper la musique. L'idée vient aussi avec l'émotion de la musique.
La masturbation est rassurante, parce que dénuée de rêves, de projections. De romantisme.

Corvol

Cette colo miraculeuse fait le pont entre chacune des obsessions de mes parents, le judaïsme pour ma mère, le marxisme pour mon père.
Corvol est le lieu, le château où se tiennent les colos du CLEJ: le Club laïc de l'enfance juive. Tout est dans le titre: le sentiment laïc, on ne croit pas en dieu (que j'écris même ici sans majuscule) *et* le sentiment d'appartenance à *une culture, une tradition* juive. Concrètement, les activités consistent à débattre, animer des journées à thème (sur l'immigration, l'impérialisme américain, la rafle du Vél' d'Hiv...), jouer à la balle au prisonnier, faire de grandes balades en chantant *L'Internationale, Bella Ciao, Bandiera Rossa, Le Chant des partisans* ou *La Mauvaise Réputation* - très appréciée dans les années 2000 grâce à la reprise de Sinsemilia, «parce qu'il n'est pas nécessaire d'avoir des dreads ou une crête sur la tête pour être un rebelle!»

Je suis comme un poisson dans l'eau. Je me fais des amis: Manon, Yohan, Marc, Lily, Esther, David, Oriane... et je suis secrètement amoureuse de Joachim.
Joachim a les cheveux mi-longs châtain clair, un air de John Lennon. Il a des yeux vert orangé extrêmement malicieux.
Une bonne partie de ce petit monde habite le 6e arrondissement de Paris. Oriane est aussi en cinquième au lycée Montaigne. Nous ne sommes pas dans la même classe mais nous déjeunons ensemble. On achète notre sandwich rue Vavin et on le mange au jardin du Luxembourg. Notre spot préféré est la fontaine Médicis où nous avons nos deux chaises.
Je confie à Oriane que je suis amoureuse de Joachim et elle me pousse à lui avouer mes sentiments:
– Il t'aime aussi, c'est sûr!
J'hésite. J'ai besoin de stratégies. Joachim étudie dans un collège voisin, je lui écris un mail pour lui proposer de se joindre à nos déjeuners. Joachim accepte.
Les déjeuners au Luco se passent bien mais Joachim est plus timide qu'à Corvol, il participe peu à la conversation... Il nous écoute attentivement mais je ne parviens pas à déceler s'il éprouve ou non quelque chose pour moi.
J'ai douze ans et mon intérêt pour Joachim tourne à l'obsession. Si c'est le judaïsme pour ma mère, le marxisme pour mon père, il devient très clair que pour moi, c'est l'Amour (cette fois je mets une majuscule).

Est-ce que tu veux sortir avec moi?

Encouragé par Oriane, je finis par révéler mes sentiments à Joachim, dans un mail que j'ai gardé. Je le mets ici:

Dimanche 3 mars 2002, 15h44

Salut Jojo! Bon écoute faut que je dise plusieurs choses (y en a 30!):
1) Je t'aime
2) Tu veux sortir avec moi?
3) Tant pis si j'aurais jamais dû te dire ça
4) Si tu dis non: pitié! Restons amis!
5) Ne le dis à personne, même à David!
6) Je te fais confiance
7) N'en parlons plus jamais si tu dis non
8) Promets-moi que ce sera comme avant si ce n'est mieux (si tu refuses)
9) Je sens que je devrais pas te le dire
10) Et puis merde
11) Je dois te faire chier avec les numéros!
12) Putain qu'est-ce que tu dois penser de moi...
13) Bon allez je t'envoie ce mail
14) J'efface tout?
15) Non
16) Si
17) Faut que je le fasse
18) C'est pas obligé mais c'est mieux
19) Pourquoi?
20) Bonne question...
21) Sois franc stp
22) De toute façon tu vas pas me mentir!
23) C'est là que tu dis «Oui. Nan je déconne: non.»

24) Fais pas ça!
25) C'est pas ton genre...
26) Mets pas 30 ans à me répondre
27) Vas-y franchement: «T'es qu'une conne et tu me saoules!»
28) J'arrête là.
29) Je précise: c'est une blague
30) Nan c'est pas une blague...

BON ARRÊTE ROSA! j'@i peur.

Rosa

Ce mail est un résumé de toute ma vie: le *je t'aime* en premier, la blague qui n'en est pas une, le *je sens que je ne devrais pas te le dire mais je le dis quand même.*

Je ne reçois pas de réponse de Joachim le dimanche.
Souffrance. Impatience.
S'il m'aimait aussi, il m'aurait répondu tout de suite. Je me dis qu'il doit chercher des mots pour me mettre un râteau soft. À la fois je regrette mon mail, à la fois... «On n'a qu'une vie!»
J'aimerais rattraper ce que je n'ai pas vécu en primaire: les bisous, désigner l'autre, tu m'as choisie, je t'ai choisi, maintenant on se le dit.
Le lundi soir, il me répond par un mail très court, que je n'ai pas gardé mais qui disait, en gros: «D'accord, tant que ça ne gâche pas notre amitié.»
Il accepte de sortir avec moi sans me dire «Je t'aime aussi» mais je suis contente, ça me va. Je pense qu'on va être mari et femme. Je l'ai compris et je suis prête à patienter longtemps

avant qu'il ne le comprenne aussi. Nous sommes évidemment faits l'un pour l'autre.

L'Orphelin d'Anyang

Pour notre premier *date* (à l'époque on disait quoi, «rencard»?), pour notre premier rendez-vous amoureux officiel nous décidons d'aller au cinéma, aux Sept Parnassiens. Nous choisissons un film d'auteur chinois, *L'Orphelin d'Anyang*, dont les critiques sont bonnes.
Je ne le sais pas encore mais mon père produira quelques années plus tard les films de ce réalisateur, Wang Chao (*Ri ri ye ye*, *Voiture de luxe*, *Memory of Love*...). Quand nous prenons nos places au ciné, la vendeuse nous dit «mesdemoiselles» – Joachim a les cheveux assez longs. Ça ne lui fait pas plaisir. Moi je rigole, j'essaie d'être légère. Joachim s'est aspergé d'un parfum à la fleur d'oranger. Je prends ça pour une preuve d'amour, je suis touchée par ses efforts. Je me demande si on va s'embrasser. Je n'ai jamais embrassé personne sur la bouche. Pendant le film, peut-être...
Nous regardons le film, lent mais beau. J'épie Joachim. Il regarde l'écran fixement. Quand tout d'un coup, il prend ma main et en caresse la paume.
Je ne veux rien d'autre, je suis très remuée, très heureuse, mon cœur bat à toute vitesse, je n'ose pas faire un geste de peur qu'il ne s'arrête. Mais il continue très calmement ses caresses, peut-être pendant la moitié du film.
Les jours qui suivent, je tiens ma main caressée hors du bain pour qu'elle garde l'odeur de Joachim, jusqu'à ce que le parfum de fleur d'oranger s'estompe complètement.

Les mains

Si je dois être tout à fait honnête, l'épisode au cinéma avec Joachim est la deuxième expérience sensuelle de ma vie. La toute première, liée aux mains elle aussi, remonte à la deuxième section de maternelle.
J'ai quatre ans et j'aime Thomas Pouce.
Comment je sais que je l'aime? Parce que, tous les jours, j'espère que l'on sera côte à côte quand la maîtresse dit: «En rang!» Une fois, je me retrouve à côté de lui. On se donne la main pour monter dans la classe. On se tient la main dans l'escalier. Or Thomas a le nez qui coule et il s'essuie avec ma main! Bam. C'est mon premier *choc érotique.*
Mes parents ne se tenaient jamais par la main. Mon père n'aimait pas ça. Il n'aimait ni tenir la main, ni porter son alliance, ni porter des sacs ou tenir les valises! Il aimait se sentir léger. C'est souvent maman qui portait nos cartables, les sacs de courses... Son alliance.
Je sentais bien que mes parents s'aimaient, mais ils ne correspondaient pas du tout à mon idéal de couple romantique de petite fille. Mon père était gros et ma mère avait les cheveux courts.
Pour moi les amoureux parfaits étaient Catherine Deneuve et Jacques Perrin dans *Les Demoiselles de Rochefort,* deux blonds qui se rêvent l'un l'autre sans jamais se rencontrer réellement (on ne voit pas la dernière scène du film, dans le car).
Les seuls moments où mon père prenait les mains de ma mère, c'était le jour de la fête de la musique quand ils dansaient le rock dans la rue. Mon père n'avait aucun sens du rythme, il gigotait, serrait ma mère, la balançait, voire l'envoyait carrément valdinguer!

Ce spectacle me révulsait. Je trouvais mon père lourdaud et ma mère absolument pas féminine. Elle ne mettait jamais de robe. Sauf pour mes anniversaires. J'exigeais au moins une fois par an, pour mon anniversaire, qu'elle en mette une. Elle ne se maquillait jamais, ne s'épilait pas... Et moi j'étais en boucle: «Maman, tu préfères la robe couleur de lune ou la robe couleur du temps?»
Comme Peau d'Âne, ma mère a de belles mains, de longs doigts fins. Je n'en ai hélas pas hérité. J'ai les petits doigts boudinés de mon père.

Jospin

C'est le mois d'avril 2002, bientôt les résultats du premier tour de l'élection présidentielle. La gauche est fracturée, mon cœur encore intact! Je retrouve Joachim pour les vacances de Pâques à Corvol. Depuis *L'Orphelin d'Anyang*, nous n'avons toujours pas échangé de baisers; mais des poèmes par mail, en alexandrins. Donc tout va bien! Je vis un amour solide, patient, plein d'espoir.
À Corvol, les monos se chamaillent beaucoup, l'ambiance est tendue. Ceux qui portent le keffieh n'ont pas voté au premier tour et pensent que «le vote utile est l'ennemi de la révolution». Lila et Clara, les monos de notre groupe, ne sont pas de cet avis. Elles ont voté pour Lionel Jospin.
Du côté des préados, le couple que Joachim et moi formons excite toutes les curiosités: «Pourquoi vous vous parlez jamais? On dirait pas que vous êtes ensemble!»
Joachim est en effet très distant.

Oriane me rassure: «C'est Jojo, tu sais comme il est!»
Deux ans avant Alessandro, j'applique la même technique, rigoureuse: attendre la boum. Je pressens que mon premier baiser aura lieu à ce moment-là, que cet acte confirmera mon union avec Joachim.
Tout comme je l'ai dit pour la masturbation (avant l'excitation, il faut un lieu, une occasion), pour les baisers, le contexte compte. C'est pourquoi je suis strictement incapable de rencontrer un homme sur une application de rencontres. Vingt ans plus tard, j'attends toujours la boum, la boum, la boum – devenue la boîte, l'aftershow, la fête de fin de tournage (les anniversaires et mariages ne me réussissent pas).
Et la boum de milieu de colo arrive enfin! On danse sur *Marcia Baïla* des Rita Mitsouko, on crie à tue-tête: «MAIS C'EST LA MORT QUI T'A ASSASSINÉE MARCIA!» Puis c'est le premier slow sur le cheesy *J'ai encore rêvé d'elle*.
Joachim ne m'invite pas à danser. Il invite Lily.
Sensation de coup de poing dans le ventre, réfléchir vite, ne pas rester seule. J'invite David à danser et me colle à lui. Je me force à lui sourire, tout en jetant des œillades à Joachim.
Respirer.
La soirée n'est pas finie, il y aura un prochain slow...
En effet, après les Saïan Supa Crew, les monos passent *I Believe I Can Fly* de R. Kelly (le slow des millennials composé par un violeur – ma génération).
Joachim m'invite cette fois-ci. On danse très sérieusement. Les regards sont sur nous, inquisiteurs. Joachim sue des litres de peur. J'attends le refrain et enfin, sur les paroles *I believe I can touch the sky*, Joachim et moi nous embrassons.
Ouf!

Premier roulage de pelles. Assez médiocre, on va pas se mentir, la sensualité n'est pas encore au rendez-vous, ambiance de laverie automatique express, mais je suis ravie, pour moi le pacte est scellé par la salive.

Le quai de la gare

Deux jours après la boum, alors que je suis sur un petit nuage, que je choisis les prénoms de nos futurs enfants, Joachim me dit:
— Faut que je te parle.
Je le suis, on va sous un arbre, et là:
— Je ne t'aime plus.
Je pars en courant.
Je cours jusqu'au dortoir des filles, désert l'après-midi. Je pleure comme si j'étais tombée d'un muret et que je m'étais cassé les côtes. J'ai mal, mal, mal. Joachim me rejoint, effondré, il regrette, s'excuse. C'est trop tard, je lui dis:
— Tu aimes Lily!
Je l'avais déjà compris mais cette fois c'est dans mon corps, c'est partout, la douleur lucide. Je deviens femme, ça me déchire.
Les jours qui suivent, je refuse de participer à toute activité. Au lieu de trouver du réconfort auprès du groupe, je le rejette. Je punis tout le monde. Je m'enferme en moi-même. Je ne veux plus jouer, je veux pleurer. Je n'ai pas encore fini de contempler mon chagrin, tout ce qu'il contient et prédit. Mes amis me jugent très sévèrement. Ils se réunissent sans les monos, organisent un procès. Je suis la social-traître.

La colo se termine par l'annonce des résultats du premier tour de l'élection présidentielle de 2002. Le Pen est au second tour. C'est un choc pour tout le monde.
Sur le quai de la gare, au retour, nous formons le cercle habituel pour chanter *La Camaraderie*, la chanson de fin de colo. Les parents écoutent. Ceux qui se sont rencontrés à Corvol la chantent avec nous.

Tous la main dans la main, en cercle enlacés
Ne désunissons point ce lien d'amitié
Ensemble, en cadence, vers la liberté
Et ceux qui faiblissent seront entraînés [...]
À nos forces unies, fardeaux sont légers
La camaraderie nous fait triompher!

Je ne retournerai pas dans cette colo: je suis exclue de Corvol.
Exclue par mon groupe.
Et exclue par moi-même.

Les Soirées Plaisantes

Dix ans plus tard je fais partie d'une troupe d'impro, Les Soirées Plaisantes, créée par Malo et Nouri avec d'anciens camarades du Studio d'Asnières, de classe libre et du Conservatoire.
Les répétitions se passent bien, c'est fous rires sur fous rires suivis de violentes engueulades, notamment entre Nouri et moi. Je suis la grande gueule, lui le tyran. Quand il n'a pas d'idées, Nouri prône *la force du collectif*, et quand il veut nous imposer sa vision il se revendique metteur en scène.

Il ne supporte pas que je remette en question son autorité. Nos copains sont terrorisés. Leur soumission m'agace. Je les écoute de moins en moins sur scène. Je veux être la plus drôle, j'écrase par peur d'être écrasée.
Aujourd'hui, je ne sais pas si le stand-up, être enfin seule sur scène, est la solution ou un aveu d'échec: je n'arrive toujours pas à jouer avec les autres.

Le festival de Cannes

Depuis qu'il a quitté la meute de LO, mon père est devenu un loup solitaire. Sa position de producteur est particulière, il est craint, c'est le patron, pas le pote. Et les producteurs ne sont pas vraiment amis entre eux... Il a Véra, sa mentor, qui a produit *La Guerre du feu* de Jean-Jacques Annaud, et Raymond dont le fils est devenu acteur, comme moi. On les croise à Cannes. Chaque année, j'accompagne mon père au festival.
Au départ c'est ma mère qui y allait, quand ma sœur et moi étions petites. Mais elle détestait ça. Elle était à la fois fascinée par le cinéma et révulsée par son milieu. Elle ne trouvait pas sa place en tant que femme, elle n'avait ni l'aplomb des productrices comme Véra, leur voix grave, leur poignée de main ferme, ni le rire cristallin des actrices haut perchées.
Dès mes quatorze ans, je remplace ma mère au bras de mon père à Cannes. Je me montre vite bien plus habile qu'elle avec la faune cannoise. Si mon père ne me présente pas, j'interromps et tends la main: «Rosa, sa fille! Pas sa maîtresse!» Petits rires gênés, mon père ajoute: «J'aimerais bien avoir une jeune maîtresse!»

On descend souvent chez tante Hélène, elle a un grand appartement à Cannes, derrière l'hôtel Martinez.
Mon père a ses rendez-vous en journée au Marché du Film ou au Gray d'Albion, à la terrasse du Majestic... Moi je vais voir des films à La Quinzaine, à La Semaine, Un certain regard...
On se retrouve le midi à la pizzeria près du port.
D'année en année, je reconnais les visages auxquels mon père dit bonjour, c'est moi qui lui souffle les prénoms:
– Élisabeth de la SOFICA...
– Ah oui! Élisabeth!
La brutalité de mon père est plutôt la bienvenue à Cannes. C'est la guerre, pour récupérer une place de cinéma certains font la queue pendant des heures. Mon père, lui, négocie brillamment des places protocole. Il répète: «Les gens me connaissent!»
On monte les marches ensemble, on se fait (un peu) photographier.
S'il y a des mannequins devant nous, mon père commente: «Belles fesses!» J'ajoute: «Très belles fesses!» Je suis surtout émerveillée par les longues robes scintillantes. Mon père moins, il critique la place que la mode prend sur le tapis rouge: «Y a même plus le temps pour les équipes de films! Que les marques, les marques, les marques! Y a plus de cinéma à Cannes, que du luxe!»
À l'intérieur de la salle de ciné, on est parfois séparés. Il a une place en bas à l'orchestre et moi à l'étage, au balcon.
– C'est pas grave, papa, on se retrouve tout à l'heure...
– NON NON!
Il essaie de négocier avec les ouvreuses:
– IL FAUT UNE PLACE EN BAS POUR MA FILLE!
– Ce n'est pas possible, monsieur...
– Ah, Laurence!

Il croise une connaissance et m'oublie.
Mon père sait entrer aux fêtes. S'il a un carton pour une personne, il fait un scandale pour que j'entre aussi: «J'APPELLE SAMUEL!»
Les gardes du corps nous demandent de reculer derrière le cordon, mon père s'énerve: «ALLÔ SAM! JE SUIS EN BAS, TU PEUX DESCENDRE, ILS VEULENT PAS FAIRE ENTRER ROSA.»
J'ai honte, je murmure «Calme-toi, papa», mais son insistance fonctionne, il réussit à nous faire entrer tous les deux. Après un accès de violence, il sourit comme un petit garçon.
Le lendemain, s'il a eu une réponse négative ou des rendez-vous annulés, il a un coup de mou. Alors il erre avec moi tout l'après-midi, on va boire des coupettes de champ à la plage Nescafé, la plage Magnum... Mon père projette sur moi ses déceptions. Il me dit: «Bon, tu n'as pas percé, tu n'as pas percé, c'est comme ça, Rosa!»
Ce verbe «percer» me perçait le cœur.
D'année en année je réussissais à mieux me défendre, je lui répondais:
«Tu ne me dis pas ça papa! Ça c'est moi qui le dis, si je veux, mais personne d'autre que moi.»
S'il était trop chiant, je me barrais et retrouvais des amis acteurs.
Une fois, je suis allée avec une amie comédienne chez Albane, à la soirée la plus sélecte du festival. Toutes les stars françaises étaient là. Je danse au milieu de Marion Cotillard, Guillaume Canet, Virginie Efira, Pierre Deladonchamps, François Civil, Mélanie Thierry, Nicolas Bedos... Puis je me retrouve à la table de Gaspard Noé que je connais un peu, et me rappelle à son souvenir:

– C'est moi qui ai doublé la voix de la mère dans *Enter The Void*!
– Ah oui, je me souviens très bien! Tu fais quoi? On bouge? On va où?
Quand je rentre tard, mon père dort à moitié:
– C'était bien ma chérie?
Il est toujours doux quand je me rebelle et l'abandonne.
– Oui, c'était bien… J'ai vu Mathieu Kassovitz…
– Je le connais.
– Je sais, Papa.
– Je connais son père.
– Je sais, bonne nuit Dada.

Grand froid

Quelques jours après ma séparation avec Rick, j'apprends que ma sœur est gravement malade.
Pendant un an, le temps de sa guérison, j'éprouve un grand froid.
Le froid s'est si bien installé qu'il dure une année supplémentaire. De décembre 2016 à décembre 2018 je n'éprouve aucune joie, je suis dans un long tunnel très sombre où je ne vois aucun visage. Je ne tombe pas amoureuse, je ne fais pas l'amour et je ne travaille plus en tant qu'actrice. Je suis animatrice. Je bosse tous les week-ends pour l'agence Que Vive La Fête.
Je reçois des «cadrages» avec toutes les infos pour mes prestations: goûter d'anniversaire ce samedi chez madame B, 10 rue de Castiglione, dans le 1er. Le samedi d'après, chez madame O,

55 rue de Varenne, dans le 7e, puis celui encore d'après chez madame C, 45 avenue Montaigne, dans le 8e. Et ainsi de suite, des mois et des mois d'anniversaires…
Le dimanche, j'anime des brunchs mini-clubs dans des restaurants: au Bermuda Onion dans le 15e, au Hard Rock Café sur les Grands Boulevards, au Polpo à Levallois, au Café la Jatte à Neuilly, au River Café à Issy-les-Moulineaux… Ainsi que dans des hôtels: au Mercure Tour Eiffel, au Molitor, au Pullman Paris Montparnasse…
Je travaille le soir du réveillon, je ne fête plus le 31 avec mes amis, je suis chez des clients. Je range les jouets pendant que les enfants trinquent au Champomy avec leurs parents.
Je travaille le 1er janvier. Je commence l'année avec des enfants de touristes de passage à Paris. J'anime aussi des baptêmes, des brit milah, l'espace petits de bar-mitsva à Bagatelle, au Pavillon Royal…
Et la semaine, je vais voir ma petite sœur à l'hôpital.
Quand elle est sous morphine, elle est toute douce et me demande un massage, les nerfs sous la plante des pieds la font souffrir. Mais si elle est sous cortisone, elle s'énerve et me demande de partir.

J'ai vu ma petite sœur si forte devenir de plus en plus faible physiquement, si pâle.
Mais il ne fallait pas pleurer devant elle.

En décembre, je suis envoyée auprès de comités d'entreprise. Je participe à l'animation pour Noël des CE de Cartier, Estée Lauder, LVMH (Moët Hennessy), Naf Naf, Ladurée… Il y a également des événements pour Halloween et Pâques. Je reste enfermée, tout un dimanche, dans les toilettes du Hard Rock

Café, déguisée en sorcière, à tambouriner sur la porte pour qu'on m'ouvre, mais ma voix est recouverte par la musique de *L'Étrange Noël de monsieur Jack*.
Un autre dimanche je distribue des œufs de Pâques en chocolat, en portant un déguisement de mascotte Minnie.
J'ai honte.
Ma sœur chasse la maladie de son corps tandis que moi je ne fais pas reculer la dépression. Au contraire, mon pilulier s'agrandit, je prends du Seroplex le matin, parfois du Lexomil l'aprèm et souvent du Zolpidem le soir. Je les mélange à des compléments alimentaires naturels pour me donner l'impression d'une vie à peu près saine: du zinc, de l'Elteans, du magnésium B6300, du Bion 3 senior... sans oublier ma pilule, qui ne me sert à rien puisque je n'ai plus aucun rapport sexuel. Je me masturbe très peu.
Je ne me fais pas à manger, je m'empiffre de sucre, de chocolat. Pour ne pas trop grossir, je ne dîne pas, ou je jeûne une journée, puis j'enchaîne sur les glaces, les brownies, les moelleux, les fondants, les brioches, les babkas, les éclairs, les religieuses, les banana breads, les cheesecakes, les pancakes, les tartelettes, les crêpes, les cookies...
Ma grand-mère Suzanne, la mère de ma mère, est décédée, et ça me rassure parce qu'elle avait tellement d'ambition pour moi, elle était si fière de mes bonnes notes, de ma partition dans *Les Liaisons dangereuses,* que je n'aurais pas eu le courage de lui dire la vérité: «Non mamie, je ne suis plus actrice... Maintenant je passe de la musique aux anniversaires d'enfants de riches. Je les fais danser sur *Il en faut peu pour être heureux.*»

Set de la mascotte

J'ai distribué des œufs de Pâques en mascotte Minnie, pour les commerçants de la ville de Boulogne. Vous voyez ce que c'est une mascotte? L'énorme déguisement avec la tête immense, qui pèse une tonne? Le cauchemar!
Alors, oui, c'est mignon les enfants qui s'émerveillent et veulent te faire un câlin... Mais ce qui est lourd, c'est les parents qui prennent un selfie avec toi; ou les ados, en l'occurrence les kai de Boulogne, qui ont rien à foutre de leur vie et qui sont là: «Hé Minnie, hé ça va? Hé pourquoi tu réponds pas?!»
Heureusement j'étais pas seule, j'avais un collègue en mascotte Mickey. On était toute la journée dans la rue, il faisait chaud... Pour pisser, la galère, on devait aller aux toilettes d'un McDo... Sans faire exprès, on se pissait dessus dans le déguisement!
Le liquide s'ajoutait à la sueur, à l'odeur de tous ceux ayant porté cette mascotte JAMAIS LAVÉE!
Mais c'est quoi le plus triste? Mon collègue et moi? Ou les parents qui se jettent sur ton petit panier d'œufs en chocolat gratis, te dévalisent? Puis toi, comment tu veux te faire respecter, en mascotte Minnie: «Wooh, ARRÊTEZZZZZ!»

Je ne me suis pas sauvée toute seule

J'ai été aidée par mes amis, Dylan et Maryam.
Je les ai connus tous les deux en classe libre alors qu'ils n'étaient pas encore en couple. Ensuite j'ai été témoin de leur histoire: quand ils ont commencé à sortir ensemble, puis emménager ensemble, puis acheter un appartement, vouloir

des enfants, attendre un peu, pour ne pas en faire et finalement se séparer au bout de dix ans. Ils ont partagé toute leur vingtaine. Et c'était mes amis proches.
Pourtant ils étaient très différents de moi, pas du tout intellos, ils ne lisaient pas, ils n'étaient pas politisés. Enfin, à vrai dire, Dylan était plutôt un anar de droite, avec une grande culture cinématographique.
Il venait de La Réunion, il était incroyablement tolérant, ouvert d'esprit, mais aussi férocement américanisé, il adorait les armes, il en avait. Il était très riche et très généreux. Maryam était chaleureuse, accueillante. Quand j'allais chez eux, ils commandaient toujours à manger pour dix.
Notre amitié était curieuse. J'étais féministe et eux avaient des tonnes de préjugés contre les «Femen, qui se foutent à poil»! J'étais juive et Maryam palestinienne par son père. Elle avait une haine envers Israël, immense.
Pourtant à trois, on riait de tout. Dylan et Maryam étaient profondément bienveillants et encourageants, pas du tout dans la compet ou le m'as-tu-vu, pas du tout «théâtreux»! Mais obsédés par la beauté. Tous les deux étaient magnifiques, des bombes, je les appelais «Brad Pitt et Angelina Jolie». Dylan ressemblait à un acteur indien de Bollywood, ses traits étaient parfaits. Je n'ai jamais été attirée par lui parce que sa beauté me paraissait surhumaine. Maryam était grande, le teint doré, de grands yeux verts... Le portrait de la mannequin Bella Hadid!
Ils faisaient beaucoup de sport et cultivaient leur apparence avec énormément d'attention; ils vouaient un culte à leur corps – mais ne faisaient quasi jamais l'amour, raison qui entraînerait leur séparation.
Ils jouissaient, comme moi, par la bouffe. Ils mangeaient

beaucoup puis enchaînaient avec des séances de cardio intensives. C'est Dylan qui avait composé ma liste de compléments alimentaires.
Maryam et Dylan m'ont aussi vue évoluer le long de ma vingtaine et en décembre 2018 ils m'ont invitée à partir en vacances avec eux à La Réunion. Là, ils m'ont fait «une intervention».

Ces vacances étaient difficiles, on était partis avec la mère de Maryam, une salope de première. Autant j'adorais Maryam, autant sa mère était réellement perverse, une actrice ratée ayant tout projeté sur sa fille. Méchante, bavarde, conne. Je la fuyais et m'enfermais pour lire. Elle avait toujours une remarque désobligeante à mon égard, elle me cherchait: «C'est dur, non, d'être amie avec ma fille? De se voir à côté d'elle? Elle est si belle…»
Je ne me mettais pas en compétition avec Maryam, je ne jalousais pas sa beauté; à vrai dire, à cette période j'avais complètement oublié que j'avais moi-même un corps. Je savais que Maryam était plus belle que moi (mon père aussi me l'avait bien fait comprendre: «Dis donc ta copine, ça c'est une beauté!»), mais je m'en foutais. Ou plutôt, ça me flattait d'avoir une amie aussi belle, aussi charismatique, qui savait tout ensoleiller. Je me sentais un peu rayonner à ses côtés.
Maryam et Dylan avaient essayé de me faire participer à leurs séances de sport, mais c'était trop dur pour moi. Je préférais faire des marches ou me baigner mais pas rester sur place à enchaîner dix exercices de muscu. Je me faisais mal, aux genoux, aux hanches, aux épaules. Je les quittais pour retourner lire dans ma chambre.
Il y avait aussi la mère de Dylan avec nous, une ancienne

Miss France, sublime. Je l'aimais bien. Mais elle s'étonnait: «Tu ne sais pas cuisiner Rosa? Mais comment tu te nourris à Paris? Et si tu rencontres un mec ou que tu as des enfants, il faudra bien que tu apprennes!»
Le frère de Dylan débarqua, il était magnifique (aussi, encore!!). Moins parfait que Dylan mais justement, plus charmant, plus grand, plus viril, moins mince. Il était venu avec sa petite amie, une nana qui bossait dans le marketing, très énergique! Elle adorait la plongée.
Moi j'étais éteinte ou gênante. J'avais lâché une blague de cul un peu trop sale et tout le monde m'avait regardée comme une weirdo. Je m'étais justifiée d'un «Pardon, je suis ashkénaze».
C'est cet argument que Maryam et Dylan reprirent contre moi, lors de *l'intervention.*
Ils m'emmenèrent dans un joli café face à la plage. Je souriais d'être enfin seule avec eux, sans leur famille, et insistai:
– C'est moi qui vous invite! Vous me gâtez trop!
– Ça marche, Rosa.
– Il est où le serveur?
– Il va venir. Rosa, il faut qu'on te parle.
– ?
– Ça ne va pas, tu t'en rends bien compte.
– Comment ça?
– Tu ne vas pas bien, Rosa.
– Je... je suis désolée si je ne fais pas les séances de sport avec vous, si je ne papote pas sur la plage mais j'aime bien m'isoler pour lire, j'ai l'impression que nous n'avons pas les mêmes habitudes en vacances, je m'excuse si j'ai été malpolie...
– Non, Rosa. Ce n'est pas ça le problème. Le problème c'est que tu n'es plus belle, que tu ne fais plus l'amour et que tu n'es plus actrice.

Je commençai à pleurer, Dylan n'avait jamais pris ce ton dur.
Maryam me serra dans ses bras et ajouta:
– On dit ça pour ton bien, il faut que tu te reprennes.
Dylan alla droit au but:
– Tu n'es plus la jeune femme que j'ai connue en classe libre, sexy, qui faisait craquer tous les mecs, t'es devenue... Lena Dunham, sans le succès de Lena Dunham. On s'en fout des ashkénazes en France, Rosa, ça n'a aucun charme, ta dépression. Arrête. Arrête maintenant.
J'essayai de pleurer sans faire de bruit mais j'avais du mal à respirer, je me sentais prise au piège, je répondis juste:
– C'est facile à dire, je, j'essaie...
– Non. Tu n'essaies pas, Rosa. Arrête. Arrête les médicaments. Ça te fait dormir. Il faut que tu te réveilles maintenant. Tu as dormi assez longtemps.
Dylan et Maryam avaient raison. Le lendemain, j'arrêtai le Seroplex.
En janvier 2019, je recommençai à écrire.
J'écrivis mes premières blagues de stand-up sans tout à fait renier Lena Dunham et la culture ashkénaze. Mon premier set commençait par: «Ça fait deux ans que j'ai pas baisé avec un mec.» Peu de temps après avoir écrit ces mots, avant même de les avoir joués, je baisais de nouveau avec un mec.

J'ai ken

Ils ne sont pas dans le livre mais ils méritent une petite ligne.
Je me souviens d'avoir ken, avant ma dépression, avec:
A, mannequin, éjaculateur précoce - très beaux yeux verts,

cheveux très noirs. On l'avait seulement fait trois fois: une fois dans les toilettes de la bibliothèque Sainte-Geneviève, une fois au sous-sol du bureau de mon père et une fois chez lui. Il était chaque fois précoce.
O, *street artist*, il avait un kyste sur la joue et gardait ses lunettes de soleil en hiver.
O, étudiant en physique, il avait trois testicules. Comme Hitler, apparemment.
S, acteur, il ressemblait beaucoup à Woody Allen, les mêmes lunettes.
A, metteur en scène, grand technicien, trop «performeur» à mon goût.
E, architecte, grand, mince, joli. Il avait un lupus, la peau très blanche, la langue râpeuse à force d'avoir fumé trop de joints. Il m'a fait découvrir Vienne. Certainement le mec qui m'a le plus aimée, mais il est tombé trop tôt après Malo. Et la langue trop râpeuse.
J, scénariste, comme sa grande sœur, qui a eu plus de succès que lui.
T, acteur anglais, mastoc, un air de Tom Hardy, tebé-sexy.
J, acteur haïtien (et pourtant en léger surpoids).
T, réalisateur de courts-métrages (en développement d'un long depuis la nuit des temps), polyamoureux et dont les concubines seraient les témoins à son mariage.
P & S, acteurs, à Cannes, finalement ce n'est pas allé jusqu'au bout.
V, acteur, à Cannes, c'est allé jusqu'au bout.

Puis, après ma dépression:
C, artiste peintre, le fils d'une amie de ma mère.

(Édouard)

R, humoriste, on a échangé à distance des enregistrements vocaux de nos orgasmes, via l'application «dictaphone» de l'iPhone.
D, spectateur à un plateau de stand-up, en colloc avec un mec qui pensait que «le 11 Septembre, les tours du World Trade Center, c'est monté, c'est un coup de la CIA».
A, humoriste, gros, imposant, il me demandait de le gifler, de lui serrer le cou et de lui cracher dans la bouche.
Y, humoriste, que j'ai dépanné en cash pour sa coke.
C, humoriste, on a sextoté, il m'a demandé de l'insulter par écrit, de lui dire qu'il avait un petit pénis, que je n'ai jamais vu finalement.
M, humoriste, à qui j'ai montré mes seins en soirée.
L, humoriste, qui m'a dit que j'étais pas «belle, belle» mais quand même «bonne».
R, humoriste, qui fait toujours des chroniques d'extrême gauche mais exige des hôtels 5 étoiles en tournée; m'a lourdé parce que je nous avais réservé un 3 étoiles.

L'ex de mon ex

Peu de temps après notre séparation, Malo et moi redevenons amis.
On ne couche plus ensemble mais on fait la sieste ensemble, on va au cinéma ensemble, on continue les voix, à s'appeler Buadelin, Buadelinette... Et on part en vacances ensemble. Été 2012, Bonifacio, été 2013, Sienne...

Nos amis ont du mal à nous croire:
– Vous baisez vraiment plus du tout?
– Non, vraiment plus. On n'a plus aucun désir, juste de l'amitié. On est frère et sœur.
Avec un peu de jalousie, çà et là, de la possessivité. Je sors avec un architecte, Émile (lupus, langue râpeuse), que Malo fait fuir. Je demande à Malo de ne pas draguer devant moi. Je me casse d'une fête un soir parce qu'il flirte avec une meuf sous mes yeux. Nos amis ne s'immiscent pas dans nos conflits, ils pensent tous qu'on va se remettre ensemble.
Jusqu'au jour où Malo rencontre Adrienne.
Il me prévient que c'est sérieux. Il a rencontré une fille et il est amoureux. Elle est metteure en scène de théâtre. Très vite, il emménage dans son appart à Lamarck-Caulaincourt et rencontre ses parents, une prof de fac et un éditeur. Malo est sous le charme d'Adrienne qui, à son tour, va le faire progresser socialement.
Nous sommes tous les deux dans la troupe des Soirées Plaisantes. Adrienne vient voir nos spectacles d'impro. Je la calcule à peine. Elle me félicite, nous félicite tous: «Bravo, c'était génial!» Mes amis me regardent, ne lui répondent pas, ils ne veulent pas d'emmerdes.
On revoit Adrienne, Malo vient maintenant avec elle à chacune de nos fêtes. Elle s'assoit dans un coin, souriante, timide. Moi je parle fort, Malo danse.
Dès qu'ils sont partis, les regards se tournent vers moi et j'entame un monologue de moqueries, j'imite Adrienne, caricature sa politesse, tout le monde est plié, je crie: «ELLE EST PAS MARRANTE EN TOUT CAS!»
Puis à un moment je cesse de me battre, je veux que Malo soit heureux. Cette fille a l'air douce, intelligente. Précieuse.

Été 2014, pour la première fois depuis quatre ans Malo et moi ne partons pas en vacances ensemble au mois d'août. Il part au Maroc avec Adrienne.
J'ai tourné mon court-métrage *La Piscine* en juillet. Malo devait m'aider mais il me plante quelques jours avant, il a autre chose à faire. Finalement, c'est son habitude, avant chacune des grandes échéances de ma vie, de me planter. Je lui dis que je ne veux plus le revoir, qu'il est nocif et jaloux. Adrienne lui dicte des mails d'apaisement, l'encourage à m'appeler, elle fait tout pour qu'on se réconcilie. Ça fonctionne.
Malo est tiraillé entre deux influences. Celle de Baptiste, son nouveau meilleur ami après Nouri, avec qui il a créé une chaîne YouTube qui commence à cartonner (leurs sketchs font des millions de vues, ils sont reconnus dans la rue). Et l'influence d'Adrienne, qui le met en scène au théâtre et le force à garder les pieds sur terre.
Ils sont ensemble depuis quatre ans et se posent la question de faire un enfant. Adrienne est légèrement plus âgée que Malo mais il «veut être papa». Quelques jours après avoir arrêté la pilule, Adrienne tombe sur des messages Facebook que Malo échange avec des jolies jeunes fans, elles lui envoient des *nudes*. Il en a vraisemblablement rencontré certaines... Elle le quitte.
Malo n'a plus de toit, il vient crécher chez moi, je l'engueule. Je suis persuadée qu'il a fait la pire connerie de sa vie et qu'il ne trouvera pas mieux qu'Adrienne. J'envoie un message à Adrienne pour prendre un verre avec elle.
On se retrouve au Rouquet, le bar rétro à l'angle de la rue des Saints-Pères. Adrienne est dévastée. Je lui confie le fond de ma pensée:

– Malo n'est pas un connard, c'est un personnage de Balzac. Un Rastignac, un Rubempré, qui s'élève par les femmes et les jette quand il a tout usé.
Ces mots font effet sur Adrienne, ils l'apaisent, étrangement.
Quelques jours plus tard, elle propose qu'on aille au théâtre ensemble.
Adrienne et moi nous retrouvons pour le seul en scène d'un humoriste à l'Olympia, dont elle connaît le régisseur. Je prends une photo d'elle et moi, on sourit toutes les deux. Adrienne est toujours réservée, mais je sens qu'elle m'admire. Or, à ce moment-là, personne ne m'admire plus.
Le spectacle est assez médiocre et j'ai un déclic: ce que ce mec fait, là, je peux le faire… EN MIEUX!
Je confie à Adrienne que je n'ai jamais osé me lancer dans le stand-up parce que cela me paraissait inatteignable… Mais après ce que j'ai vu ce soir, je me dis que c'est possible d'être drôle en racontant sa vie. Il faudrait que j'essaie?
Adrienne me dit:
– J'ai toujours trouvé que tu étais une grande actrice. Si tu veux, je te regarderai.

Tiphaine

Je connaissais une fille qui s'était lancée dans le stand-up: Tiphaine. Elle était avec moi en classe libre au cours Florent. C'était un peu ma Parichat de classe libre, l'amie par défaut avant de rencontrer des gens plus cool, qui seraient Dylan et Maryam.
Tiphaine était plus cultivée que la moyenne des comédiennes

de la classe, elle avait fait hypokhâgne-khâgne. Elle venait d'une famille de profs de province et m'enviait d'«avoir un père dans le cinéma».
— Oh tu sais, ça ne me sert à rien! Il ne m'a jamais pistonnée! Je crois que ça m'a même desservie parfois, vu sa réputation...
— C'est quoi sa réputation?
— Qu'il ne paie pas les gens. Qu'il paie mal. Comme tous les producteurs de films d'auteur.
— Oui, bon, t'as quand même grandi dans cette ambiance!
Tiphaine se voyait un peu mieux que ce qu'elle était. Tiphaine croyait ressembler comme deux gouttes d'eau à Isabelle Huppert, alors que pas du tout. Tiphaine avait de minuscules dents du haut et un sourire tout en gencive.
Elle était incroyablement jalouse et ne s'en cachait pas. Quand je lui avais annoncé que j'allais jouer à l'Odéon, elle avait pleuré de dépit. J'essayais de l'aider, j'avais partagé avec elle tout mon carnet d'adresses, les mails et numéros d'une centaine de directeurs de casting pour qu'elle leur envoie son CV.
Enfin, j'ai demandé à Nouri de la recruter dans Les Soirées Plaisantes pour qu'elle joue, qu'elle soit sur scène. Pour gagner sa vie, elle était pionne.
Quelques années plus tard, après un parcours qui pouvait ressembler au mien (des tentatives d'écriture de scénarios non abouties), Tiphaine s'est lancée dans le stand-up.
On ne se parlait plus trop mais je suivais tout de même son travail et en novembre 2017 j'allai voir son showcase. Elle présentait vingt minutes solo au Point Virgule.
Je n'étais encore jamais entrée dans ce théâtre. J'ai tout de suite aimé les bancs en bois, le côté moyenâgeux, shakespearien; on se serait un peu cru au Globe à Londres.

J'étais accompagnée de Nouri, sa copine Lou, Olive, Malo, toute la bande des Soirées Plaisantes.
Le stand-up les déstabilisait, ils jugeaient cette forme inférieure au théâtre. Moi, l'idée germait. Comme les petits remous d'eau dans une casserole avant que ça bouille pour de bon. J'envoyai un mail à Tiphaine:

Coucou Tiphaine,
Encore bravo pour ton showcase! J'ai beaucoup aimé tes textes! J'hésite moi aussi à me lancer dans le stand-up! Je ne sais pas par où commencer.
J'ai vu que le théâtre où tu jouais, Le Point Virgule, organisait des auditions pour le plateau du «Trempoint». Sais-tu si c'est difficile? Je vais essayer, ça ne coûte rien.
Aurais-tu le temps pour un café? Me raconter un peu comment c'est, ce milieu!
Merci d'avance pour ton aide!

Tiphaine me répondit ceci: «Pas le temps pour un café, bon courage. Bises.»

Mon premier plateau

Je ne le savais pas – Tiphaine ne m'avait rien dit –, mais il fallait déjà avoir un peu d'expérience avant de tenter l'audition du Trempoint. Nous étions une vingtaine dans la salle, à passer les uns à la suite des autres, devant la directrice artistique du Point Virgule, Antoinette Colin.
Je remarquai deux humoristes, avec de la bouteille et que je trouvai très drôles: Brahms et Ghislain. Brahms racontait sa première coloscopie et Ghislain se vantait de pouvoir déjà

remercier son public, vu qu'il vivait du RSA «sur le dos du contribuable, vous. Merci».
La majorité des candidats n'étaient pas aussi modernes. Ils faisaient des sketchs, des personnages, avec des effets, de la musique. C'était très grossier, il y avait pas mal de blagues racistes sur le présupposé sale caractère des Algériens, la fainéantise des Antillais, des blagues miso sur les grosses... Certains prenaient l'accent chinois ou l'accent africain. Je riais malgré moi.
Quand ce fut mon tour, la régisseuse me demanda: «Avec ou sans micro?» Je pouvais bien sûr jouer sans micro, j'avais déjà joué dans des salles de neuf cents places, mais je ne voulais plus faire de théâtre, je voulais vraiment m'essayer au stand-up:
— Avec micro!
— Micro filaire?
— Heu oui, avec le pied.
Je m'accrochai au micro d'une main, au pied de l'autre, et balbutiai mon tout premier texte, sur le thème du lit, déjà. Ne pas en sortir, dormir jusqu'à 15 heures... Ma haine du moindre effort sportif.
Je tentai des blagues d'actu, sur le dernier fait divers, je n'avais pas encore de punchs mais je voulais être dark. Puis j'enchaînai avec des blagues sur l'épilation, «ma touffe», ébauche de ce qui deviendrait mon set des tétons.

À la fin de l'audition la directrice artistique nous fit des retours individuels, dans le café juste à côté du Point Virgule. Elle me dit:
— Tu n'es pas stand-uppeuse, tu es comédienne?
— Je suis comédienne, oui, mais j'aimerais faire du stand-up.

– Ça fait combien de temps que tu t'es lancée?
– C'était mon premier plateau aujourd'hui!
– Ah! Il faut que tu t'échauffes encore, c'est trop vert. Tu reviendras. Mais c'est intéressant, tu es intéressante. Par contre, laisse tomber ton texte sur l'épilation, toutes les filles parlent de ça.
– Ah bon? Elles parlent des tétons?
– Non, mais faut arrêter avec les sujets de filles, la vulgarité, tout ça, vous parlez toutes de cul, votre corps, les règles... c'est dommage. Faut te différencier. L'actu, c'est pas mal, peu de filles osent. Mais si c'est choquer pour choquer, ça n'en vaut pas la peine.
– D'accord... merci.
Je fus assez perturbée par ce retour. La plupart des filles de l'audition n'avaient pas parlé de sexualité, c'est plutôt les mecs qui avaient fait des blagues de cul, certaines hyper grasses.
Ce qui me rassura, c'est que Ghislain que j'avais trouvé très fort ne fut pas pris non plus. Le Trempoint n'était peut-être pas ma place... Après tout, c'est un plateau où le public paie mais où les artistes ne sont pas rémunérés, eux.
Je le tenterai pourtant, sur les conseils d'Adrienne, une deuxième et une troisième fois. Et je finirai par être prise, puis sélectionnée par Antoinette pour le FUP, le Festival d'humour de Paris de Jean-Marc Dumontet (annulé en 2020 à cause du Covid), jusqu'à jouer mon spectacle au Point Virgule. Mais Antoinette ne changera pas de ligne: «Si je veux t'emmener en tournée Rosa, sur les plateaux du Point Virgule en province, il faut que tu changes certains mots. Tu ne peux pas dire cunni. Trouve une métaphore! Dis "pain au chocolat"?»

Le lieu du rire

À la sortie de l'audition du Trempoint, je discute avec une humoriste, Anaïs, qui a fait une imitation incroyable de Céline Dion, mais dont la nature comique me paraît encore plus évidente dans la vie, sans l'accent québécois.
Elle me complimente:
– C'est bien ce que tu dis, tu oses! Si tu es dispo, viens jouer sur mon plateau samedi prochain, à 18 heures, au théâtre Le Lieu, dans le 9e.
– Oh merci!
– Le plateau s'appelle Le Lieu du rire. Je te préviens, c'est pas rémunéré! Y a pas de chapeau, parce qu'il faut rembourser la salle. Mais ça te permettra de remonter sur scène! Prévois un huit minutes. Et ramène du monde, minimum deux personnes.
– Génial, merci beaucoup!
Je n'avais que cinq minutes, j'en préparai trois supplémentaires pour le samedi. Ma mère voulait venir pour me soutenir, mon père attendait que je sois prête. Adrienne était là.
Ma mère a un rire fort, contagieux. Adrienne ne rit jamais aux éclats mais elle a un sourire très doux, un regard extrêmement encourageant. Et je crois qu'elle était fascinée de me voir prendre ce risque immense, essayer de faire rire des inconnus.
J'étais très stressée en coulisses avant mon passage. Je me répétais mes nouvelles blagues, j'avais peur de les oublier ou de mal les formuler. Deux humoristes, Mickaël et Karim, me rassurèrent:
– Ça va le faire, c'est pas grave si tu dis pas ton texte mot pour mot!

— Oui mais j'ai peur qu'en disant un autre mot, on ne me comprenne pas!
— Si tu te plantes, improvise, fais une interaction!
C'est ce que Mickaël fit, beaucoup d'interactions: «Vous venez d'où?» - blague sur lieu d'origine. «Vous êtes en couple?» - blague du type: «Il a répondu en premier mais elle a pas l'air tout à fait d'accord! Ça va madame? Clignez des yeux deux fois si vous avez besoin d'aide!» De la loge, j'entendais les rires du public et me retournai vers Karim:
— Woah, il cartonne!
Karim tempéra:
— Oui, enfin, il ne fait *que* des interactions. Il n'a pas de texte.
Karim passa après et «bida». Je découvrais ce mot. Personne ne rit = c'est un bide. Puis ce fut mon tour. Je ne déclenchai pas l'hilarité générale. J'entendais surtout ma mère rire dans le fond. Puis, peu à peu, elle fut suivie par d'autres personnes quand je n'essayais pas de dire mon texte froidement mais au contraire en jouant, en faisant des mimiques, en théâtralisant.
À la sortie, Karim et Mickaël me félicitèrent:
— Viens samedi prochain à l'Open Mic du Laugh Steady Crew, c'est le plateau de Thierno!
— Ah... Thierno?
— Thierno Thioune, le metteur en scène d'Haroun!
Je ne connaissais pas encore Haroun mais au ton de leurs voix je compris que c'était un humoriste très réputé et qu'il fallait que je me renseigne.
Je leur demandai:
— Il faut préparer combien de minutes?
— Six. Sept, max.
Je travaillai donc à raccourcir mon texte. J'hésitais à suivre le conseil d'Antoinette et couper mes blagues sur les tétons.

Finalement je les gardai. Elles cartonnèrent à l'Open Mic du LSC. Thierno m'invita à revenir le mercredi suivant pour jouer avec leur troupe sur un thème imposé par le public, «Paris».

Paris

Est-ce que, sincèrement, vous vous dites «c'est une Parisienne, c'est une gosse de riches»? Oui?! Et bah bien au contraire, mes parents sont méga pauvres. Avec ma petite sœur, contrairement à Laura et David Hallyday, on aura aucune engueulade concernant l'héritage, inexistant.
Nan, moi j'ai connu un Paris populaire... Romantique!
Mon premier petit copain avait un jeu de clefs des sapeurs-pompiers de Paris, qui donnait accès à tous les halls d'immeuble; et donc, à quinze ans, j'ai perdu ma virginité dans l'entrée d'une résidence parisienne: 8 rue Manin, 75019. Métro Laumière. Mickaël.
C'est dommage que les garçons, ils perdent pas eux aussi quelques gouttes de sang du zizi, la première fois, nan?
Voilà, je vais écrire un spectacle pour dire ça.
Ça s'appellera: «Dommage que pour la première fois les garçons ne perdent pas eux aussi quelques gouttes de sang du zizi, nan?»
Et ça sera programmé à La Colline avec un titre aussi long!
Chaque quartier de Paris, en fait, chaque arrondissement, pour moi, est lié à un mec, à une histoire d'amour. Et pourtant, pourtant!
Y a pile un an, j'ai quitté Paris... J'ai emménagé dans le 93, en Seine-Saint-Denis, à Bagnolet. Je suis dorénavant de l'autre côté du périph. Mais c'était nécessaire, c'était vital!
J'avais besoin de passer de 17 à 45 m², d'avoir deux pièces séparées et non pas tout en une: le canapé-lit dépliable sous la kitchenette-

point d'eau, avec le god rangé entre la brosse à dents électrique et le mixeur-broyeur.
J'aurais pu les confondre, dans le noir: la brosse à dents électrique, à la limite pourquoi pas? Mais le mixeur broyeur... aïe!

Perdre sa virginité

J'ai perdu ma virginité à quinze ans, avec Mickaël. Ça m'a fait mal, mais j'étais fière. Ça m'a donné envie d'accoucher, un jour. J'ai compris, dans mon corps, l'idée d'un «mal nécessaire».
Mickaël avait deux ans de plus que moi. J'étais en seconde, lui en terminale. On s'était rencontrés en cours de théâtre, dans le 19e, pas loin de chez lui. Il vivait dans une cité et allait au lycée Bergson, l'un des pires de Paris avec un très faible taux de réussite au bac. Sa mère était cantinière dans ce lycée. Son père vivait au Maroc, il était commerçant, apparemment assez magouilleur, voire mafieux, ex-drogué.
Mickaël était «redskin», antifaf. Il s'habillait tout en noir, avec des chaussures cloutées. Il avait des gants de combat et d'autres armes dans son sac à dos: gaz lacrymo, matraque... Le samedi soir, il allait «se taper à Châtelet avec des fafs».
J'étais très amoureuse de lui.
Notre histoire a duré deux ans. Pendant deux ans, Mickaël me voyait pour faire l'amour mais il refusait d'«officialiser notre relation» en me présentant à sa mère, par exemple, ou à sa sœur. Je ne suis jamais allée au cinéma avec lui. Je ne suis jamais sortie en journée avec lui. Il me voyait toujours le soir, au sous-sol du bureau de mon père.
On ne parlait quasi pas, on ne regardait même pas un film...

On baisait, passionnément. Mickaël était extrêmement attaché à mon plaisir. On faisait souvent des 69, nos corps allongés en sens inverse, l'un face à l'autre. On se léchait pendant des heures, Mickaël essayait de retenir au max le moment où il allait jouir. Moi je n'avais pas encore d'orgasmes. Je ne me masturbais pas encore, je découvrais. J'avais peur de lui et ça m'excitait. Mais j'aurais aimé être sa petite copine.

Quand c'était fini, il partait vite. Puis on se retrouvait sur MSN, on chattait jusqu'à tard, il me demandait:

– T'as kiffé?

– Oui. Tu voudrais faire quoi comme métier plus tard?

– *Profiler* psychologique.

Je me renseignai sur le métier de «profiler» et achetai un livre pour lui. Mickaël n'allait plus au lycée, il avait insulté une prof et s'était fait renvoyer. Il ne passerait pas son bac.

J'étais patiente. Mickaël finit par me présenter son meilleur ami, Ferdinand, et un soir on retrouva des amis à eux aux Buttes-Chaumont. On entra par effraction. J'essayais de toucher la main de Mickaël, au moins de croiser son regard. Il se tenait loin, me surveillait, sans me regarder.

Puis je lui ai dit que je l'aimais. Et il me répondit qu'alors il valait mieux qu'on se sépare.

La dernière fois qu'on a fait l'amour, c'était l'été. J'avais les clefs de l'appartement de ma grand-mère, qui était partie à Chamonix avec sa sœur Liliane. Je donnai rendez-vous à Mickaël au métro Wagram.

Mickaël était immense, 1 m 90. Il avait à chaque fois un tatouage supplémentaire. Ses veines des avant-bras étaient tatouées; au fur et à mesure, il les faisait remonter jusqu'au cou. Il s'était fait tatouer un immense pantin dans le dos.

Pour cette dernière fois, j'avais acheté des bonbons. Et dans le lit de ma grand-mère, j'enrobai tout son corps de fils de réglisse. Je lui fis un collier, des bagues, des bracelets aux poignets, aux chevilles, puis je les mangeai très lentement et léchai ses doigts, son cou. Mickaël frémissait. J'essayai de monter sur lui mais il refusa, avec un sourire. Non.
Je retentai.
Non.
Il m'interdit de faire l'amour. Il resta là, dans le lit, à bander, je ne savais plus quoi faire. Je me pelotonnai contre lui en pleurant silencieusement. J'étais incroyablement frustrée qu'il ne me laisse pas une chance, qu'il m'interdise l'accès à son cœur. J'avais peur qu'il n'y ait pas de place, dans le mien, pour quelqu'un de moins violent.

Le Café Oscar

Confiante après mes débuts, je candidate aux auditions publiques du Café Oscar. Si l'on est pris, on peut revenir jouer au best of, et si on gagne le best of on peut encore jouer une troisième fois sur un plateau enfin rémunéré, avec les «confirmés».
Je rejoue mon set des tétons, qui fonctionne de mieux en mieux. Le public me sélectionne «à l'applaudimètre». Je me retrouve au best of, contre trois autres humoristes débutants. Le public doit désigner un unique vainqueur. Le MC, présentateur de la soirée, nous a dit de faire venir du monde: «Et si vous ne gagnez pas, c'est pas grave, Monica est là ce soir» (la gérante du Café Oscar, une énorme

blonde, terrifiante). « Si ça marche pour vous, elle vous reprogrammera... »
Les autres candidats avaient fait venir des tonnes de potes et parents. Moi j'avais ma mère, ma petite maman, toujours fidèle. Elle était venue avec quelques amis. Ils étaient arrivés légèrement en retard et s'étaient assis tout au fond.
Ce fut mon premier bide. Personne ne rit pendant mon passage, sauf ma mère évidemment, la pauvre. Certains, au premier rang, me regardaient même méchamment ou baissaient les yeux pour souligner leur gêne.
Je ne gagnai évidemment pas, c'était au candidat qui avait fait venir le plus de monde. Mais le pire fut de croiser les regards des amis de ma mère, en sortant: « Tu ne veux plus jouer à l'Odéon, Rosa? »

Une fille, dans le stand-up

Je fais mes premiers chapeaux au Sonart, à Pigalle. Il y a une soirée « filles » le lundi. La cave est sale, on ne sait pas si c'est de la pisse ou de la bière par terre. Le responsable du bar nous fait des remarques déplacées: « T'as une chatte de rousse ou une chatte de brune? Avec tes taches de rousseur, j'arrive pas à savoir. »
Au Sonart, je fais la connaissance de Julie, qui m'invite sur son plateau, le Montreuil Comedy Club, l'un des seuls à appliquer la parité. Là-bas, je rencontre Adrien, qui me dit de venir au Wishing Light Comedy Club, où je recroise Brahms, lequel me programme sur son plateau, le Next Comedy Circus.

Le Next se trouvait dans la cave d'un bar de nuit, aux Halles, avec des lumières bleues. Le line-up était solide et certains humoristes programmés assez connus, notamment pour leurs vidéos sur les réseaux sociaux. Ils me prenaient de haut: «T'as de la chance d'être là, c'est bien parce que t'es une meuf et que vous êtes pas beaucoup!»
Heureusement une autre fille était programmée, Laura. Elle hésitait à se lancer dans le stand-up mais le milieu lui faisait peur... Elle avait fait des premières parties et des DEB JAM, le plateau découverte du Jamel Comedy Club, avec l'institution d'une fille seulement par soirée: «l'atout charme», «la Schtroumpfette».
Nous étions heureuses d'être ensemble. Et horrifiées par le passage d'un humoriste, Yass, qui commença son set en faisant des blagues sur la «musique de PD».

C'est commun dans le stand-up d'entendre «PD» à tout-va. «Je fais de l'athlétisme, je sais, c'est un sport de PD» (vanne entendue tellement de fois de la part d'un humoriste surprogrammé alors qu'il joue les mêmes cinq minutes depuis mille ans). «Je suis pas PD», «Fais pas ton PD», «T'as cru que j'étais PD?».
Chaque fois, mes oreilles saignent.
«Pute» aussi revient souvent: «Elle, la vie de ma mère, c'est une pute», «Elle m'a dit ça, je vous jure, la pute», «la sale pute», beaucoup de «sale pute». Autant que de «Vous pouvez me répondre, je suis pas un DVD!».

J'entendais les humoristes ricaner dans les loges du Next pendant mon passage sur les tétons. Le public, lui, riait à mes blagues avec bienveillance. Et Laura me regardait avec solidarité: «Je suis là.»

Quand je quittai la scène et retournai en coulisses, l'un des gars me dit: «Faudra que tu nous les montres!» Rires étouffés des mecs, j'avale difficilement ma salive et ne trouve rien à répondre. Je feins un rire.
Puis au moment du chapeau, alors que Brahms fait un pitch pour convaincre les spectateurs de participer généreusement, Yass l'interrompt: «Mettez de la thune pour qu'elle se refasse les eins!»
Même si ces blagues étaient lourdes et l'environnement toxique, j'étais tellement heureuse de jouer de nouveau, d'être sur scène, je riais.

«Plus fort!»

Je n'ai pas été témoin d'homophobie lorsque je faisais du théâtre (plutôt de règlements de comptes, du temps de Frédéric Mitterrand et d'Olivier Py). En revanche, j'ai subi un harcèlement de la part d'un acteur réputé, Jean-Daniel, lors des représentations du prix Martin au théâtre de l'Odéon.
Jean-Daniel était aussi professeur au Conservatoire national et se tapait régulièrement ses élèves – pas de puritanisme, si elles étaient majeures et consentantes, ça ne me regarde pas. Il y a bien sûr un rapport de pouvoir entre professeurs et élèves, mais cela peut être un facteur d'excitation, pour les deux.
Jean-Daniel était alcoolique. Il était souvent ivre aux répets, il se mettait à genoux devant notre metteur en scène, Peter Stein, et hurlait: «Maestro, maestro!»

Il avait une scène avec une jeune actrice de mon âge, qu'il devait embrasser sur la bouche (faire un simple *smack*). Sauf qu'il introduisait de force sa langue à l'intérieur de sa bouche. La comédienne le signala à l'assistante de Peter Stein, qui était fan de Jean-Daniel, «un grand acteur», et ne fit rien. Puis la comédienne osa le dire à Stein, qui menaça Jean-Daniel devant tout le monde, avec son accent allemand: «TU REFAIS ÇA, JE TE COUPE LES COUILLES!»
Jean-Daniel se calma avec cette comédienne et se défoula sur moi.
Tout d'abord il commença par entrer dans ma loge au moment où je me changeais, sans toquer, sans prévenir, pour me voir en corset. Je m'habituai à fermer la porte de ma loge à clef. Quand mon habilleuse me corsetait, on s'enfermait ensemble pour qu'il n'entre pas.
Puis Jean-Daniel attendit le départ de Stein pour commencer à vraiment me harceler tous les soirs. J'avais une scène d'amour avec mon partenaire Julien. On devait pousser des gémissements en coulisses (on jouait un couple de jeunes mariés), puis entrer sur scène en petite tenue. La pièce était sur la vieillesse et nous étions le miroir, le souvenir de jeunesse de Jacques Weber et Laurent Stocker, les acteurs principaux, qui jouaient des amis nostalgiques.
Peter Stein avait calé, avec sa précision et son exigence habituelles, nos gémissements comme du papier à musique. Nous devions gémir en crescendo, tandis que Jacques Weber et Laurent Stocker échangeaient des paroles sur scène. Le bruit de fond devait, petit à petit, perturber leur dialogue.
Or, tous les soirs, dès que Stein partait, Jean-Daniel prenait un malin plaisir à venir en coulisses tout près de moi et au moment des gémissements il nous ordonnait: «PLUS FORT,

PLUS FORT!» Je n'en pouvais plus, je me plaignis à Julien qui me dit: «Ignore-le.»
J'en parlai également à l'assistante de Stein qui prit encore sa défense. Ça me gâchait mon plaisir, ça m'énervait mais je n'osais pas me confronter à lui.
J'avais peur de lui. Parfois il me disait: «Tu verras, toi, quand on sera en tournée...», sous-entendant que j'allais passer à la casserole.
Finalement un soir, n'y tenant plus, après qu'il avait encore crié «PLUS FORT, PLUS FORT!» pendant nos gémissements, je lui lance: «T'es qu'un vieux con.» Sur le moment il ne dit rien, ahuri. Il reste bouche bée, les yeux grands ouverts. C'est un comédien adulé, qui travaille avec les plus grands du théâtre public: Ostermeier, Jeanne Balibar... Ses élèves l'idolâtrent et ses partenaires de jeu le protègent. Je me souviens d'une fête du festival IN à Avignon où, bourré, il s'était mis à être très lourd avec une jeune femme, à la peloter de force. Ils étaient à trois pour le calmer.
Il n'y avait personne pour le calmer le soir où je l'ai traité de vieux con. Et au moment du salut, au lieu de me prendre la main normalement...
Jean-Daniel me fit une clé de bras.
Je n'arrivais pas à croire à ma douleur, devant les neuf cents spectateurs de l'Odéon.
Je sortis de scène en pleurant. Je n'étais pas sûre de ce que j'avais vécu. J'avais mal au bras, mais ça me paraissait trop énorme: «Il n'aurait pas osé?»
J'en parlai autour de moi: «Ah les alcooliques...»
C'est tout.
Après cet épisode, Jean-Daniel me ficha la paix. On s'évitait. Bon, en fait c'était banal les «vieux lourds» dans les milieux

du théâtre et du cinéma. À moi de faire attention à ne pas passer pour une «petite chieuse».
Dans le stand-up, c'est des blagues miso, des pros frileux et de la pudibonderie en coulisses:
«T'as pas honte de parler de ça? Si tes parents t'entendent!»
«Ah ouais, t'es chaude, quand même...»
«Et si y a des enfants dans le public, t'y as pensé?»
«Tu devrais te respecter, ma sœur.»
Sans compter les boys clubs, les plateaux «entre couilles», les comportements de *bully*, l'intimidation...
Mais je ne me suis pas découragée.

Le Paname

Le Paname Art Café est un comedy club à Paris. C'est une énorme machine, il y a des plateaux tous les jours: de 17 heures à minuit en semaine et à partir de 14 heures les week-ends, jusqu'à minuit, 1 heure. Plus de deux cents humoristes s'y côtoient, des néophytes aux confirmés, aux stars du stand-up.
Jouer au Paname permet de se faire de beaux chapeaux, de potentiellement gagner sa vie avec le stand-up. Mais il n'y a pas de contrat. Tu peux te faire éjecter du jour au lendemain. Et ça ne dépend pas tant de ton succès sur scène que de ta relation avec Karim et Kader, les deux boss.
Les humoristes craignent la violence de Karim et l'intelligence de Kader.
Karim est le gérant, il possède le lieu, et Kader est le directeur artistique. Ils programment ensemble. Karim est le plus

impressionnant physiquement, mais c'est Kader qui a le plus de pouvoir.

Le Labo

Je suis d'abord allée voir un «Labo», le plateau de 17 heures au Paname, pour débutants. Le présentateur, John, était très rigolo et bienveillant.
Il faisait toujours une «chauffe» pour demander au public d'«envoyer de la force» en rappelant les règles du stand-up: «C'est une danse, on a besoin de vous! Ne nous laissez pas tout seuls, si un humoriste est drôle, qu'est-ce qu'on fait? On...? On rigole! Si un humoriste est vraiment très très très drôle, qu'est-ce qu'on fait? On applaudit! Et si un humoriste, bon, il est pas très drôle, on...? On rigole quand même, on encourage! On a besoin de vos rires de faux-culs ce soir! Est-ce que vous êtes chauds?!»
Les jeunes humoristes se succèdent et John revient à la fin pour le chapeau. Il demande aux spectateurs de financer une association, celle en faveur de ses propres vacances à Miami! C'est ce qu'on appelle une blague parfaite avec un set-up (ou prémisse) clair + effet de surprise sur la punch.
J'avais acheté le livre *The Comedy Bible* de Judy Carter et je regardais tous les spectacles *specials* sur Netflix, HBO. J'appris à différencier les humoristes qui font du *one line* de ceux qui font du storytelling. Après Louis CK, je devins fan de Sarah Silverman, Amy Schumer, Ali Wong, Michelle Wolf, Chelsea Peretti, John Mulaney, Dave Chappelle, Ricky Gervais, Tom Segura, Nikki Glaser... Je binge-watchais toutes les séries sur

le stand-up: *Louie*, bien sûr, mais aussi *Crashing*, *Mrs Maisel*, *I'm dying up here*, *Seinfeld*... Les films: *Lenny* de Bob Fosse, *Man on the moon* de Milos Forman sur la vie d'Andy Kaufman, puis *Jim & Andy*, le documentaire passionnant sur Jim Carrey.
À la fin du Labo, j'étais allée voir John pour lui demander si je pouvais jouer prochainement. Tout était booké pour le mois de février, je devais revenir en mars et contacter Nam, l'humoriste en charge de la programmation.

Je réussis à décrocher un créneau avec Nam et revins pour mon premier Labo au Paname, le 22 mars 2018. Ma petite sœur et Maryam étaient venues m'encourager. J'étais en confiance et fis un bon passage malgré les remarques très déstabilisantes du fameux Nam, en loge, juste avant:
«C'est votre première fois à tous au Labo? Ok. Vous avez cinq minutes. À quatre et demi, le régisseur vous flashe et ensuite vous avez trente secondes pour finir. Si vous dépassez, vous ne revenez jamais jouer ici. Je vous dénonce direct à Karim. Compris? Faites pas les malins!»
Quand j'ai vu la lumière rouge du régisseur, à la fin de mon passage, je n'ai pas osé finir ma blague, de peur de dépasser mon temps. J'ai repris cette formule que j'avais entendue et qui allait longtemps me servir: «Merci, ça sera tout pour moi!» Avec le temps, j'ajouterais: «Vous avez été adorables!»
Nam n'avait pas la même aisance que John, ni pour la chauffe ni pour le chapeau... Il attaquait le public frontalement: «Pourquoi tu ris pas?»
Le public était gêné de ne pas bien comprendre ce qu'il disait, il parlait très vite, avec un accent très fort. Sa meilleure blague était que les Chinois rachètent tout Paris et que lui allait racheter le Paname et l'appeler «Nam Nam»...

J'obtins de nouveaux Labos, un ou deux tous les mois. Entre-temps, je venais traîner au Paname, sans y jouer, pour rencontrer des gens.
J'y donnais rendez-vous à de nouvelles copines humoristes, Mélody, Marinella, Aude... On arrivait vers 15 heures pour un café; à 18 heures on se prenait un verre de rosé puis, finalement, on restait dîner. Le but était que nos visages deviennent familiers à Karim et Kader pour qu'ils soient curieux et aient envie de nous programmer.
C'est ce qui arriva doucement. Karim me donna un créneau à Plus drôle les filles, le plateau du jeudi soir à 19 heures, exclusivement féminin. J'y rencontrai de nouvelles nanas très sympas: Els, Lisa, Cindy, Sophie... Les humoristes plus anciennes avaient l'air un peu blasées: «Ça sert à rien de nous mettre toutes à 19 heures, si c'est pour qu'ils n'en gardent qu'une à 20 heures.» L'une des anciennes avait un nom encore plus compliqué que le mien, avec des *y* entre le *s*, les *z* et les *t*. (Elle était un peu lourde sur scène, à raconter que les femmes simulent toujours au lit comme si on était encore dans les années 1980: «Pas vrai madame, vous simulez avec monsieur parfois, mais si?!») Cette fille se plaignait: «Ils sont en train de me dégager. Je le vois bien, j'ai de moins en moins de créneaux. Bientôt il ne me restera plus que le French Fried.»
C'est comme ça que je découvris le French Fried, le plateau du mardi soir à 22 heures en anglais. Je m'inscrivis facilement, peu d'humoristes parlent couramment l'anglais.
Un soir, un petit groupe d'Américains dans le public me propose de les rejoindre à l'étage pour un verre. Kader monte aussi. Il échange sa carte avec l'un des Américains puis propose de me raccompagner en Uber, il n'habite pas loin de chez moi.

Dans la voiture, il se tient à l'écart, aucune espèce d'ambiguïté sexuelle. Par contre, j'ai l'impression d'être dans *Le Parrain*: il me dit que je fais partie de la famille du Paname, où je peux travailler, évoluer. Il me fait comprendre qu'il y aura bientôt d'autres plateaux à Paris où jouer, mais que je serai toujours protégée au Paname, ils ne sont pas des traîtres, *eux*.

Quelques semaines plus tard, je décroche mes premiers PCC, les créneaux en soirée pour confirmés. Je me retrouve aux côtés d'humoristes très forts, des «killers». La plupart se fâcheraient avec Kader en allant jouer chez l'ennemi, le fameux traître: Fary.

Fary était le poulain de Kader, un pur produit du Paname, jusqu'à ce qu'il remplisse des zéniths et soit récupéré par le producteur Jean-Marc Dumontet, avec qui il a créé un plateau concurrent du Paname: Le Sarfati.

S'entame une guerre des clans, les humoristes ne peuvent plus jouer partout, ils dépendent d'«écuries»: il y a celle de Shirley Souagnon avec le Barbès Comedy Club, celle de Kev Adams au Fridge. Puis la bande à part des Suisses et des Belges, qui ont des chroniques sur France Inter et se tiennent loin des plateaux, n'en ont pas besoin pour remplir leurs salles. J'observe ce petit monde avec passion!

Je ne rencontre pas de gros relous comme Yass au Paname. Les humoristes n'écoutent pas vraiment les passages des autres. Ils guettent les réactions du public, si ça rit, personne ne dit rien. Si ça ne rit pas, ils commencent à bitcher: «C'est une conférence ou quoi? Il les a endormis là! Il fait du test? Si c'est son sûr, c'est chaud!»

Parfois quelqu'un remarque: «C'est pas de lui, ça!» La parano du vol de blague est omniprésente depuis que les vidéos de CopyComic circulent sur YouTube – révélant l'étrange similitude entre des sketchs d'humoristes français et des sketchs d'humoristes américains. Les rumeurs sur son identité vont bon train: «C'est Baptiste, non? Il a trahi Gad qui l'a aidé à ses débuts?», «Nan, c'est un Québécois!», «C'est pas Kheiron?».

Une fois, je passe sur scène avec un nouveau set que je termine par des blagues sur les fessées:

> **Et les fessées, pour finir? Alors: UNE fessée bien sèche, bien dynamique, oui c'est vrai ça réveille, ça met une ambiance! Mais plein de petites fessées molles, toutes les deux minutes, non! Là, ça devient humiliant, je suis pas un âne! T'es pas Sancho Panza! On est pas dans le désert des Bardenas Reales! Je sais que je m'appelle Rozzza mais quand même!**

Cette chute fonctionne très bien, gros rires, je sors de scène ravie. Quand Louis m'interpelle:

— La fessée, c'est à moi. Je t'en veux pas, c'est normal d'être influencé par ce qu'on entend ici ou là. Je sais que tu m'as pas volé ma blague consciemment.

Je lui réponds:

— On n'a pas du tout la même blague!

Il poursuit:

— C'est ce que je dis, je t'accuse pas de plagiat, c'est de la cryptomnésie, renseigne-toi sur ce mot.

Outre la condescendance du personnage et le résultat de ma recherche Google[1], je décide que le sujet des fessées appartient

---

1. «La cryptomnésie, du grec *kruptos* "caché", "secret", et *mnémé* "mémoire", "souvenir", littéralement "souvenir caché", est un biais mémoriel par lequel une personne a l'impression erronée d'avoir produit une pensée alors que cette pensée a été en réalité produite par quelqu'un d'autre» – Wikimonde.

à tout le monde. Mais je comprends la méfiance de Louis quand, quelques mois plus tard, alors que je teste de nouvelles blagues sur le génocide des Ouïghours – en dénonçant l'indifférence générale par un jeu de mots avec les OUIGO –, un humoriste s'empare également du thème en reprenant exactement mon angle...

Jouer le plus possible

Jouer au Paname, avoir des PCC m'ouvre la porte de tous les petits plateaux parisiens et très vite je réussis à jouer tous les soirs, parfois deux à trois fois par soir!
Mon plateau préféré est le Comedy & Chill de Joanna et Seyf, à La Nouvelle Seine. La progra est impeccable et l'accueil de Joanna et Seyf, couple d'humoristes dans la vie et sur scène, incroyable. J'enregistre tous mes passages au dictaphone, puis je me réécoute et note les nouveautés trouvées en impro.
La péniche de La Nouvelle Seine est un lieu stratégique. C'est là qu'est «née» Blanche Gardin. Là que Yacine Belhousse joue son spectacle. Je rêve d'y jouer le mien un jour!
Yacine me prend sous son aile. Il me fait faire ses premières parties, répond à toutes mes questions. Il me pousse à développer mes blagues, vers un endroit de folie, à aller encore plus loin. Quand je lui confie: «On me reproche de trop parler de sexe», il m'assure: «C'est que tu n'en parles pas encore assez.»

La punition

Les choses se dégradent progressivement au Paname.
Je me fais exclure une première fois, parce que j'ai dépassé mon temps. Un nouveau régisseur m'a flashée plusieurs fois et je ne suis pas sortie, prise dans le *flow*. Karim m'envoie des messages super agressifs: «T'as cru quoi? Tu t'es prise pour qui? T'es personne, ici», et quand je vais le voir pour m'excuser il est impitoyable: «Tu repars à zéro.»
Je ne suis plus programmée.
Puis je reprends, petit à petit, très lentement, des Plus drôles les filles, des créneaux de 18 heures ou de 14 heures le week-end. Mais fini les PCC de 19 ou 20 heures. Karim me casse en permanence: «T'es pas marrante», «C'est quoi tes baskets? Miskine, achète-toi des vraies baskets». Je ne suis pas la seule à subir ce genre de châtiments, Nash se fait exclure pendant un an, Anne plusieurs mois. Certains font des dépressions, on ne les voit plus, d'autres reviennent la queue entre les jambes. Ils passent leurs journées à lécher les bottes de Karim, ils promènent son chien, rient à ses vannes, «C'est pas une veste de PD!», «Ah ah, t'exagères Karim!».
Il y a quelques règles tacites au Paname: soutenir l'Algérie à chaque match de foot, même quand ce n'est pas l'Algérie qui joue, ne pas lire Houellebecq, se faire discret si on est Charlie. Karim me donne les derniers créneaux de 23 heures-minuit-une heure, où les publics sont très difficiles. Des mecs bourrés qui se sont fait recaler de boîte, qui gardent leur capuche, parlent pendant qu'on est sur scène. Je n'arrive pas à me faire respecter, les autres humoristes galèrent aussi. Ceux qui s'en sortent ont l'habitude de faire du stand-up en chicha. Ils ne jouent pas leur texte habituel, ils «taillent» le public.

Parfois ça finit mal. Alexandre s'est fait exclure du Paname parce qu'il a traité une meuf qui parlait dans le public de «sale pute». Grosse ambiance! Quand ça part vraiment en couilles, c'est rigolo.

Au bout d'un certain temps, Karim se radoucit avec moi. Il me paie des coups, me complimente: «T'es une tête toi», «C'est bien quand tu mets ta combinaison kaki, là, quand tu t'habilles bien».

Mais si je lui demande de me donner de meilleurs créneaux, il m'envoie sur les roses: «Pourquoi? C'est pas un public assez intelligent pour madame? T'as qu'à aller faire tes plateaux de Blancs, là.» Très vite il part en parano, tout le monde est «cis-ra». Je lui rentre dedans:

— Mais de quoi tu parles? Je suis raciste moi?

— Non. Pas toi.

Quand certains humoristes prennent la défense de Dieudonné, Karim met tout de suite un stop: «Les juifs ils ont souffert, y a des choses qu'il faut pas dire.»

Ce n'est pas tout à fait le même laïus pour Kader. Il soutient que Jamel a insulté les musulmans en allant à Jérusalem se recueillir au mur des Lamentations.

Kader Aoun ne me calcule plus du tout, il ne me voit pas... Enfin, si, il me voit puisqu'il me dit bonjour, mais sans plus. Il ne commente pas mes passages, ne me fait aucun retour - contrairement à d'autres humoristes, à qui il donne des conseils. Je ne comprends pas son attitude. Je l'appelle, il est très sec, n'a pas le temps. Je lui envoie quelques textos, aucune réponse. Je ne suis pas considérée pour l'émission *Génération Paname*, je l'entends d'ailleurs dire à l'un des décideurs de France 2: «Il n'y a pas de filles» (dans l'humour).

Est-ce parce que je parle de sexualité? Est-ce parce que

j'ai invité Seb dans mon podcast, avec qui il s'est disputé? Qu'est-ce qui me vaut d'être blacklistée?
Karim alterne entre bienveillance, «Sois patiente», et moquerie, «T'es pas marrante, c'est tout». Je perds peu à peu confiance en moi. Le chaud-froid me rend folle. Chaque début de mois, Karim me fait courir pour récupérer mes nouveaux créneaux: «Viens aujourd'hui à 14 heures.» Je dois annuler ce que j'avais prévu pour être à 14 heures au Paname. Il me fait attendre, prend son téléphone devant moi: «Tu vois, Audrey, elle est marrante, elle... Donc je l'appelle, comme ça, elle a pas à se déplacer.»
Il me regarde avec un petit sourire, les yeux pétillant de perversité. Je devrais lui dire d'aller se faire foutre mais je commence à douter, peut-être qu'en effet je ne suis pas marrante. Peut-être que je devrais arrêter le stand-up.
Je croise un soir sur un petit plateau une YouTubeuse qui faisait du stand-up et a arrêté à cause de la violence du milieu. Je lui confie que ça ne va pas fort, elle comprend: «Bon courage, je ne sais pas comment tu les supportes.»
J'envoie un message sur Instagram à une humoriste qui a beaucoup joué au Paname, puis plus du tout, pour savoir ce qui s'est passé. Je connais certaines histoires, pas toutes. Elle refuse de me répondre... J'ai l'impression d'être dans *Catch and Kill* de Ronan Farrow, qui cherche des témoignages mais n'en trouve pas. Là, pas de viol, mais du harcèlement moral, oui. Un coup tu rayonnes, un coup t'es dehors. Personne ne veut être dehors.
Heureusement, j'ai écrit mon spectacle de stand-up et je crée *Ma Première Fois* au festival d'Avignon.

Édouard

Fin juillet 2018, je rentre du festival d'Avignon où j'ai joué mon premier spectacle de stand-up. Je vais directement dîner chez Maryam et Dylan, que je n'ai pas vus depuis un mois et qui m'ont manqué. Ils me charrient:
– Alors, tu t'es trouvé un troubadour?!
– Non, il faisait tellement chaud, je n'avais pas la tête à ça, entre le tractage, l'affichage, jouer tous les jours par 40 °C, ne pas dormir la nuit…
– Tu t'es tapé personne?
– J'ai un peu flirté avec un journaliste de France Bleu Vaucluse. Mais il ne me plaisait pas vraiment.
– Ça fait combien de temps que t'as pas baisé, Rosa?
– Je sais pas… six mois? J'ai baisé une fois en janvier, le peintre…
– Bon, ça ne va pas du tout. Faut que tu baises! FAUT QUE TU BAISES!
Il se trouve que j'ai, le soir même, la fête de fin de tournage d'un film dans lequel j'ai eu un petit rôle. Maryam et Dylan me forcent à y aller. Maryam me pomponne, me maquille. Elle me prête une robe, me met dans le taxi. «Tu es belle!»
C'est vrai que si on ne me le dit pas je peine à me le dire à moi-même, je ne vois que mes défauts, mes gros bras, ma graisse du ventre, du cou.
J'arrive à la fête et me dirige tout de suite vers le bar, je descends deux trois coupes de champagne, ça me met dans l'ambiance. Je déambule, croise des gens que je connais. Je souris aussi à ceux que je ne connais pas, pompette.
Quand tout d'un coup je vois Édouard, plus grand que tout le monde.

Je le connais parce qu'il fait partie d'une troupe de théâtre extraordinaire, dont j'ai vu tous les spectacles. Je suis fan.
J'intègre le cercle dans lequel il papote, je lui fais un grand sourire, tout brillant. Édouard est étonné, il me dévisage. Il n'a pas l'habitude qu'on le séduise, ce n'est pas un beau gars, à proprement parler. C'est un grand gros barbu, une espèce de géant bûcheron punk, un personnage sorti tout droit de *Vernon Subutex*.
Une comédienne nous rejoint et demande son nom à Édouard, j'interviens, bruyante, éméchée: «Comment tu peux ne pas connaître son nom?»
La comédienne est vexée, Édouard ravi. Il me prend à part: «Mais enfin! Toi!» On glousse comme des gamins, quelqu'un vient le féliciter – il a l'un des rôles principaux du film. Je retourne au bar. Le champagne est très doux, l'air aussi.
Je cherche Édouard, il est assis à côté d'une petite femme blonde. Je me plante devant eux: «En fait, t'es pédophile? T'aimes les petites filles?»
Édouard rougit, se lève et me chuchote: «C'est mon agent!» J'adore qu'il soit très grand et lever la tête pour le regarder, je bredouille:
— Tu veux faire l'amour avec moi?
Ses yeux s'écarquillent:
— Là? Ce soir?
— Oui.
— Oui. On peut aller chez moi, y a personne.
Il hésite, prend son courage à deux mains et ajoute:
— J'ai une copine.
Sans réfléchir, je réponds:
— Je la connais pas.
Il explose de rire, soulagé:

— Attends-moi là, je vais dire au revoir à deux trois personnes, j'arrive.
On prend un Uber, finalement on va chez moi. On rigole, on s'embrasse, on est très excités.
Quand on arrive dans mon hall, la lumière nous éblouit, il me voit mieux, me dit: «T'es super jolie, en fait.» Et miracle, je le pense aussi, lui confirme: «Bah oui!»
On fait l'amour sans se quitter des yeux. Puis il me demande s'il peut rester dormir et me prévient qu'il doit se lever très tôt le matin. Il a un train pour Arradon, où il rejoint sa nana et leurs deux filles.

Double coïncidence.
Les deux filles... et Arradon. Je lui dis que j'arrive en vacances dans quelques jours, tout près, à l'île d'Arz. Il connaît très bien.
J'attends d'être à l'île d'Arz pour lui écrire. Je lui envoie un petit texto humoristique, qui n'appelle pas forcément à ce que l'on se revoie. Il me répond immédiatement, enflammé.

J'ai supprimé tous nos messages. Ils étaient drôles et sensuels.

Lorsque je quitte l'île au bout d'une semaine, pour revenir à Paris, Édouard vient me chercher à Port-Blanc. On a deux heures ensemble avant qu'il ne me raccompagne à Vannes, pour mon train.
On est fous de joie de se revoir. On n'arrive pas à parler, on ne fait que rigoler. Il parvient à articuler, tout rouge: «Qu'est-ce que t'es belle!»
Je réponds les yeux baissés, enfantine: «Toi aussi.»
Il a prévu une bouteille de champagne et deux flûtes en plastoc. Il a fait croire à sa femme qu'il avait un cours de

tennis. On cherche un hôtel, rien. On finit par en trouver un mais il est complet.
Édouard imite la voix du mec à l'accueil: «Ah nan gnagnagna on est complet gnagnagna!» Ça me fait hurler de rire. Édouard m'est hyper familier.
Finalement il se gare et on prend un petit chemin, dans un bois. On s'installe, on ouvre le champagne, qui a eu le temps de bien chauffer. On s'embrasse, Édouard m'allonge par terre, écarte les feuilles et les branchages de mes cheveux.
Je lui dis timidement que j'ai mes règles.
On essaie quand même de faire l'amour mais ça ne rentre pas, je ne mouille pas assez. Édouard n'insiste pas. Il me caresse doucement. Je lui demande de se relever, je me mets à genoux devant lui et lui fais une fellation.
Il jouit et tombe dans mes bras.
Il me parle, me confie ses malheurs. Il a quitté la troupe de théâtre géniale, avec laquelle il bossait depuis dix ans, à cause du caractère tyrannique de leur metteur en scène... Ils sont plusieurs acteurs à être partis mais il est très angoissé, qu'est-ce que l'avenir lui réserve?
Je lui conseille d'aller voir un psy. Je lui dis que pour mon père, c'était très dur de quitter LO. Il me remercie, reste dans mes bras.
Puis il m'annonce très sérieusement qu'il veut quitter sa femme. Ils ne font plus l'amour, depuis longtemps. Il l'a déjà trompée une ou deux fois mais jamais comme «là». Il me dit qu'il m'attendait. Je le pousse délicatement et lui explique que j'ai beaucoup souffert d'être la maîtresse, que je ne veux plus souffrir comme ça.
Il comprend, me raccompagne à la gare. On a du mal à se séparer.

Dans le train de retour à Paris, je me rappelle que Rick ne m'a jamais dit qu'il voulait quitter sa femme et que je n'en ai d'ailleurs jamais éprouvé l'envie. Je me sentais *addict* à Rick, mais pas proprement amoureuse.
Là, Édouard, c'est différent. Il ressemble à Malo, en folie et en gentillesse. Mais il a plus de culture, il a étudié Kafka. Il est plus âgé, plus mature.
On résiste quelques jours puis on se réécrit. Il est toujours à Arradon, avec sa famille. De mon côté, je suis partie en vacances avec ma mère en Sicile. Je lui envoie des photos et lui propose qu'on communique par mail. On s'envoie un mail par jour, une correspondance amoureuse.

J'ai tout supprimé et je n'ose pas lui demander ces mails, je sais qu'il les a gardés.
Ils étaient bien écrits, surtout les miens. Mes mots avaient plein de couleurs. Je n'ai rien écrit d'aussi joli depuis.

Je lui raconte Cefalù, Syracuse, les Italiens, la peau des rochers, les bêtes qui vivent sous l'eau. Il m'appelle *ma déesse*, me dit qu'il est moins intelligent que moi et que ça lui convient très bien. Il est le premier homme à me dire que je suis écrivaine. Je lui en suis reconnaissante, je l'aime au point d'oublier le stand-up et de vouloir dire des mots sérieux, pas des blagues. Des mots sensibles. La vie comme une caresse et non comme un coup de poing, fini les punchs.
Fin août: il joue à Aurillac. Je suis à Paris. Il doit revenir seulement pour un week-end. Après il repart en Bretagne, à Brest, pour la résidence d'une pièce avec un nouveau metteur en scène. Il fait croire à sa femme qu'il prend le train

le dimanche soir alors qu'il a prévu de venir chez moi et de repartir le lundi matin. Cela fait trois semaines que l'on ne s'est pas vus et que l'on s'écrit tous les jours.
Sa femme l'accompagne gare Montparnasse avec leurs filles. Il n'arrive pas à se débarrasser d'elles, fait même semblant de monter dans le train.
Il arrive chez moi en retard, en sueur, tout essoufflé, blanc.
De mon côté, j'ai cru qu'il n'allait pas venir. J'ai mis une grande tunique rouge et noire achetée à Syracuse, sans rien en dessous. J'ai entamé l'une des deux bouteilles de prosecco. J'ai regardé *Love* de Gaspar Noé, en chialant nerveusement. J'étais hystérique d'impatience, je me disais: «S'il annule, je vais aux urgences psychiatriques de Sainte-Anne.»
Mais il arrive. Et je suis en furie. Je lui en veux comme s'il n'était pas venu.
Il s'affale sur mon fauteuil, désolé: «Pourquoi tu es en colère, Rosa?»
J'ai envie de pleurer mais je lui prends la main, l'entraîne dans ma chambre. On fait l'amour comme la première fois, en se regardant beaucoup.
Puis on a faim.
On va dîner dans un petit resto libanais à Père-Lachaise, qui nous paraît délicieux. Je le fais rire, Édouard écoute tous mes récits de famille, passionné: l'histoire de l'arrière-grand-père maternel, Alexandre, qui dirigeait des palaces avec son frère Joseph; comment Alexandre a recueilli à l'Hermitage la mère de Romain Gary. L'enfance de ma grand-mère Suzanne, à Nice, sa vie de princesse; l'amitié de Romain Gary avec le grand frère de Suzanne, René, à qui *La Promesse de l'aube* est dédiée... Édouard me boit.
On rentre «à la maison». L'air est chaud, on est bien sur ma

terrasse. Je m'allonge sur la chaise longue, il se met entre mes jambes, me lèche. Je jouis en regardant les étoiles.
On va au lit. Édouard est très déprimé. Demain, il doit repartir.
Je lui avais écrit de Sicile que cette fois parisienne serait la dernière et qu'on ne devrait plus se revoir après. Il me demande: «Tu ne veux pas me rejoindre là-bas?»
Le lendemain, il part. Je vais voir mon psy. Il désapprouve à 100% cette nouvelle liaison. Je laisse un message vocal à Édouard pour lui dire que non, je ne le rejoindrai pas.
Il est avec les comédiens de Brest lorsqu'il écoute mon message. Il est sous le choc. L'un des comédiens raconte qu'il a perdu sa grand-mère cet été. Édouard se met à pleurer. Le comédien le rassure: «Elle était très vieille!» Édouard pleure encore.
Et il faut croire que, de Paris, je l'entends pleurer. Il ne s'y attend pas mais je l'appelle le soir même. Sa voix est pleine d'espoir:
— Rosa!
— Édouard!
— Tu es où?
— Je viens, j'arrive, demain.
Je réserve un train et un Airbnb au Caro, près de Plougastel-Daoulas.
Le Airbnb est moderne, sans grand charme, une chambre, une kitchenette.
Je vais me balader, il répète la journée. Je l'attends, je m'endors sur la plage.
Quand je me réveille, mon porte-monnaie a disparu. Je ne sais pas si on me l'a volé ou si c'est moi qui l'ai oublié quelque part, mais je n'ai plus de carte bleue.

Je n'ai plus de carte d'identité.
On passe cinq jours incroyables. Il me rejoint le soir, après ses répétitions. Il fait croire aux comédiens, qui ne sont pas dupes, qu'il a des amis dans la région. On va au restaurant, on mange du poisson et on boit du cidre en regardant la mer. Je me baigne la nuit dans l'eau froide, lui trempe ses pieds.
On n'arrive pas à dormir, on fait beaucoup l'amour, on écoute des chansons. Je commence à ressentir le besoin de lui dire «je t'aime» mais j'attends qu'il le dise en premier.
Pour notre dernière soirée avant mon départ, nous avons du mal à être légers. Nous n'avons pas tellement parlé d'avenir. Édouard me dit parfois «Tu es un rêve», puis il se reprend:
— Et si j'étais ce gars, qui quitte tout pour toi! Ce gars qui a une nouvelle copine, jeune et jolie? Pourquoi les autres? Pourquoi pas moi? Pourquoi ce n'est pas moi qui fais des jaloux?
Je lui réponds:
— Tu as le droit d'être heureux.
C'est la veille de mon départ. On a dîné. On est au lit. J'ai mal digéré le cidre cette fois-ci, je suis dérangée et lui demande de ne pas me toucher le ventre. Il est attendri. On regarde *Les Parapluies de Cherbourg*, il n'a jamais vu le film et je suis ravie de le lui faire découvrir.
À la fin, je pleure: «C'est tellement triste.»
Édouard ne dit rien. Il referme l'ordinateur.
Je ne sens pas qu'il partage mon émotion alors je me mets légèrement dos à lui. Puis je l'entends murmurer: «Je t'aime.»
Je ressens une explosion de joie, c'est le «je t'aime» le plus sincère qu'on m'ait jamais dit. Je me retourne et lui embrasse le visage: «Moi aussi je t'aime!»
Il prend ma tête: «Qu'est-ce qui va nous arriver? Je vais devoir te tuer.»

Je ris et me serre contre lui, je m'endors la tête sur son cœur qui bat à toute vitesse. Lui ne réussit pas à s'assoupir.
Le lendemain, je suis dans le train, il m'écrit qu'il va faire ses valises et venir s'installer chez moi, dès son retour de Brest.
Le soir, on s'appelle, on discute longuement en FaceTime.
Je suis dans mon bain. Il me dit: «Comment peux-tu être aussi jolie au téléphone! Y a que toi pour être jolie en FaceTime!»
Je m'enfonce de bonheur dans l'eau, en faisant attention à l'iPhone.
Édouard dit qu'il veut me faire un enfant. Il me dit: «C'est trop con, tu vas faire une mère extraordinaire, y a pas de temps à perdre.»
Je lui dis que oui, je veux un bébé avec lui.
Je fais de la place dans mon armoire pour ses affaires, quand il sera là. Puis je quitte Paris et vais à Geffosses en Normandie rejoindre Adrienne, pour une mini-résidence. On doit modifier certaines blagues du spectacle créé à Avignon et préparer la reprise, pour le public parisien.
Adrienne me dit: «Attends-moi pour être maman! Qu'on le soit en même temps!»
Je lui confie que je ne veux plus faire de stand-up... Je suis trop heureuse.
Édouard m'appelle tous les jours. Puis un soir, il téléphone à sa femme et lui annonce qu'il la quitte. Il m'appelle après, il est très froid. Ce n'est plus le même homme.
— Elle m'a dit non.
— Comment ça non?
— Elle m'a dit que si je la quittais, j'allais la détruire elle et détruire nos filles, que j'allais tout détruire.
Édouard prétend qu'il n'a pas encore pris sa décision mais je

sens que c'est trop tard. Il me dit qu'il va très mal, qu'il n'arrive toujours pas à dormir. Mon psy lui trouve un psy.
Il m'envoie un dernier texto d'amour où il me décrit comme une féerie, un personnage du passé, inventé.
Je quitte Geffosses et reviens à Paris. Dans le train, j'appelle Édouard pour lui dire que je le déteste. Je raccroche subitement. Je suis désespérée, j'ai très envie de mourir. J'appelle Malo, je le supplie de venir me chercher.
Malo est là, à la gare Saint-Lazare, avec son air de chiot adorable. Il est triste pour moi: «J'y croyais vraiment à Édouard et toi, je vous voyais ensemble.»
Je lui dis que je n'ai pas de chance, que je ne dois pas être faite pour l'amour. Je lui dis que j'ai envie de mourir. Malo me raccompagne chez moi, il me met dans mon lit, me borde. Je lui demande de rester: «Non, Rosa, ça va aller...»
Malo disparaît.
Un mois plus tard, je recroise Édouard à la projection d'une série OCS. Je n'étais pas du tout au courant qu'il avait joué dedans, ni qu'il serait là. Moi j'ai été coupée au montage, je l'apprends avant le début de la projo. Lui, ses scènes sont intactes et très réussies.
En sortant de l'Action Christine, les équipes, parents et amis de la réalisatrice discutent dans la rue. Je suis de l'autre côté du trottoir. De loin, Édouard m'épie.
Il se met à pleuvoir, je le rejoins de l'autre côté de la rue.
On s'abrite sous un porche. Il a un peu peur de moi, on ne parle pas, je m'approche de lui, son cœur bat à toute vitesse. On se serre dans les bras.
On va boire un pot avec l'équipe dans un bar plus loin. Édouard me tient la main, comme si on était en couple. Tout le monde croit qu'on est ensemble.

On ne reste pas longtemps au pot. On remonte la rue Dauphine. On prend la rue de Nesle puis la rue de Nevers. Il y a des échafaudages. On s'y cache pour faire l'amour, je revois les étoiles.
On rentre à pied, on marche jusqu'à Bastille. Il ne m'aime plus, après qu'on a fait l'amour je l'entends dans sa voix.
Quelques jours plus tard, je l'appelle, moi je l'aime encore.
En réponse, son silence.
Je me tords de douleur, je lui dis que j'ai mal, qu'il me fait tellement de mal.
Je m'étais vraiment imaginé avoir un bébé avec lui.
Quelques mails. Puis plus rien.
J'écris sur l'oubli, comment réussir à oublier?
Je vais à Tel Aviv et je cherche en rêve ma tante Felka, je lui demande de me venir en aide. Mais Felka n'est pas là. Je suis logée chez Roland et Michou, dans leur beau studio, au dernier étage d'un grand immeuble, boulevard Rothschild. C'est une ancienne terrasse, qu'ils ont fermée et convertie en studio. Les murs sont transparents, il y a un petit balcon, une vue à 360 degrés, jusqu'à la mer.
Roland et Michou, c'est la famille israélienne que je connais peu. Ils me racontent le sionisme, le socialisme, les kibboutz... Puis, le regard embué, des souvenirs plus lointains, la guerre, quand ils étaient des enfants cachés.
Janvier 2019. Je vais voir Édouard au théâtre, dans la pièce qu'il répétait à Brest. Il me reconnaît dans la salle, me sourit tristement.
C'est bizarre, j'ai l'impression de l'aimer encore mais je ne suis plus attirée par lui, physiquement. Je le trouve gros, vieux, dégarni.
Il sort de scène. On boit un verre dans le foyer du théâtre.

Les comédiens de Brest me regardent avec curiosité. Édouard est en dépression, il ne le cache pas. Il continue de voir le psy recommandé par mon psy. Il n'était pas très bon dans la pièce, sans son ex-metteur en scène il ne vaut rien.
On part, il y a un hôtel juste à côté du théâtre. Il prend une chambre.
On baise, il jouit en quelques minutes, puis se rhabille. Je suis encore nue quand il me dit:
— T'es même pas mon style de fille.
J'ai envie de pleurer mais je me retiens:
— Pourquoi tu me dis ça? C'est méchant.
Il me confirme:
— Ouais, je suis un connard.
Il pleut, il a commandé un taxi à partager.
J'entre dans le taxi et le pousse.
— Pas toi, je le prends pour moi toute seule.
Je demande au taxi de démarrer et je vois Édouard marcher, sur le côté, sous la pluie. Je le quitte des yeux et me prends dans mes bras, quelle horreur… Je me répète: «Mais quelle horreur, quelle horreur…»
J'appelle ma mère en arrivant chez moi, je suis si mal. Elle me dit: «Il t'a fait un cadeau, maintenant tu n'es plus amoureuse.»
C'est vrai. C'est enfin fini. Salement, mais fini, pour de bon.
On se recroise un an plus tard à la projection du film dans lequel on avait tourné tous les deux. Il a encore grossi, vieilli, toujours moins de cheveux. Il me regarde implorant, tente un sourire. Je comprends qu'il aimerait bien recoucher avec moi. Il me l'avait dit une fois: «Dommage que tu ne sois pas mariée, ça aurait été plus simple, tu aurais été ma maîtresse et moi ton amant.»
Il me dégoûte.

Je suis triste. Je suis triste parce que le temps passe et se fait long. Mon cœur est vide. Les glaces du quartier de Neve Tzedek à Tel Aviv me manquent; Chez Anita, sur Shabazi. Celle à la pistache.
Le 8 mai 2020, la veille de mon anniversaire, deux jours avant le premier déconfinement, nous apprenons la mort de Roland, le mari de Michou. Il s'est jeté du haut de l'immeuble, il a enjambé le balcon. J'imagine très bien sa dernière vue, je me souviens du studio transparent.
J'ai mon oncle Jacques au téléphone. On se demande si l'enfermement dû au confinement lui a rappelé des souvenirs d'enfance insurmontables. Mais on ne sait pas, on ne saura jamais. Jacques se souvient d'un homme fragile.
Il n'y a pas beaucoup de choix, dans ma famille, entre l'extrême brutalité et cette fragilité-là.

L'issue

Après Avignon, je reprends donc mon spectacle à Paris. Tous les samedis soir, je retrouve Adrienne et les directrices de La Petite Loge, Perrine et Mélissa. Ce sont des moments de bonheur. Le public est au rendez-vous, d'abord la famille, les amis, les proches – c'est d'ailleurs un peu gênant, vu mes blagues crues! Devant des parents dont je gardais les enfants! Puis de plus en plus d'inconnus, qui lisent les bonnes critiques sur BilletReduc.
J'ai mon rituel, j'arrive à 18h30 au café juste à côté, à l'angle de la rue La Bruyère et la rue Notre-Dame-de-Lorette. Je bois mon Coca zéro, je discute un peu avec le barman qui

est super sympa. Il sait que je suis monomaniaque et que j'ai besoin du même tabouret, tous les samedis, celui près du portemanteau. Loin des gens, mais pas trop loin non plus. Je relis mes nouvelles blagues, vérifie les résas avec les noms des spectateurs. Je me demande souvent si Édouard va venir, parfois je l'imagine caché au fond de la salle.
Après la représentation, je propose au public, amis et inconnus, d'aller dîner au café. Coucou au barman, qui me demande:
— Ça s'est bien passé?
— Oui, génial!
Ou parfois:
— Bof, ils étaient endormis!
Voire:
— Non, c'était dur, on s'est pas *rencontrés*!
Mais souvent:
— Oui, top! Je peux avoir une assiette de frites?!

Clivante

Adrienne et moi restons soudées malgré les retours des professionnels du spectacle; comme ce producteur, «dénicheur de talents», permanent des commissions humour de la SACD: «Votre problème, Rosa, c'est que vous n'explorez pas votre féminité. Il faut vous mettre en valeur sur scène, une robe, peut-être, je ne sais pas, des talons, du maquillage au moins! Là vous n'avez rien! Quant aux blagues de cul, elles fonctionneront avec le public, jamais avec les pros.»
Fuck les pros, je me concentre sur ce qui dépend de moi: mes

textes. J'en écris de nouveaux. J'ai la chance de faire les premières parties de Marina Rollman au théâtre de l'Œuvre. Son public est magique, très fin, il n'attend pas les punchs pour rire, il est très réceptif dès l'idée.
Je commence mon podcast, *Les mecs que je veux ken*. Très vite, les retours des auditeurs sont formidables.
Lors du premier confinement, je fais grandir ma communauté sur Instagram, en tournant des petites vidéos rigolotes. J'ai de très chouettes articles, dont un dans le *JDD*: «l'humoriste impose sa touche: chic, intello et cash».
Une attachée de presse s'intéresse à moi.
Elle défend mon spectacle que je reprends en septembre 2020 au Point Virgule. Je joue deux mois et demi, le public est au rendez-vous, malgré les couvre-feux, la maladie qui rôde. Je suis adoubée par le monde du podcast, choisie pour animer la soirée de clôture du Paris Podcast Festival, puis sélectionnée pour être l'une des chroniqueuses sexo du nouveau podcast Spotify Original *Hot Line*.
Des producteurs de cinéma et de télé me comparent à Phoebe Waller-Bridge, la créatrice de la série anglaise *Fleabag*. Ils me proposent d'adapter mon spectacle en film ou en série.
Il n'y a que les producteurs d'humour qui continuent à me tourner le dos. Or il est difficile sans eux de passer un nouveau cap, faire un jour une tournée et jouer dans de grands théâtres.
Une productrice, qui ne produit que des hommes, dit à mon attachée de presse que je suis trop «clivante». Ce qui revient toujours, c'est la sexualité. Je ne devrais pas en parler, c'est dommage. Il y a déjà Blanche Gardin, ça suffit comme ça. Là où aux US une Amy Schumer ouvre la voie pour dix autres, en France il n'y a qu'une reine, basta.

Un programmateur me sélectionne pour son émission d'humour en suppliant: «Arrêtez de parler de vos règles, les filles, parlez d'autre chose!»
Enfin, mon attachée de presse fait venir à mon spectacle le programmateur d'un grand festival d'humour. Je rêve d'y jouer, cela m'ouvrirait toutes les portes! Elle m'assure que c'est quasi fait, il a vu sur Insta mon set sur les Ouïghours, il me trouve géniale, il vient par pure formalité. Le soir où il est là, le public est chaud bouillant, je me réjouis: c'est mon heure! Si je n'ai pas réussi à percer en tant qu'actrice, il me reste au moins une chance en tant qu'humoriste! Je dépends de lui pour cette chance. J'espère qu'il entend les rires, qu'il me trouve bien. Qu'il m'encouragera.
Et non. C'est toujours la même rengaine: «Dommage qu'elle parle de cul.»
Mon père est aussi dans la salle ce soir-là, sa compagne rit très fort. On déjeune ensemble le lendemain, il me dit: «Jeanne a bien aimé. Pour moi c'est trop pipi-caca.»

Les cookies

Juillet 2018. Avignon, en plein cagnard. C'est la dernière semaine du festival et je ne dors plus. J'ai loué une chambre étudiante du Crous et il n'y a pas la clim, seulement un plafonnier, qui brasse de l'air chaud. Je marche lentement la journée dans la rue, je distribue mes flyers au ralenti. Je n'en peux plus, le IN est terminé, la plupart des festivaliers sont partis, je veux en finir avec le OFF, je veux rentrer à Paris. Quand je croise trois collégiens dans la rue.

Ils tiennent un grand plateau rempli de cookies. Ils alpaguent les passants: «Des cookies pour aller au théâtre!» Je m'arrête devant eux:
– C'est vous qui avez fait les cookies?
– Oui! Pour payer nos places de théâtre!
Je les regarde, attendrie.
– Je vais vous en prendre trois!
Ils se réjouissent, c'est une belle vente pour eux. Ils me font penser à moi petite qui adorais jouer à la marchande.
Je leur propose des invitations pour mon spectacle. Ils rétorquent:
– Non, non, pas d'invitations, on paiera nos places!
– Prenez les invitations et offrez-moi en échange un quatrième cookie…
Je les préviens:
– Sur scène, je fais parfois des blagues un peu… *olé olé*! Ça va pas vous choquer?
– Pas du tout!
Le lendemain, ils sont dans la salle, au premier rang. Et ils passent toute la représentation à rire aux éclats. Leur présence change mon interprétation, l'adoucit. Je rajeunis en jouant.
Quand je sors de scène, les ados m'attendent. Ils m'ont fait un dessin, c'est mon portrait rigolo avec de grands tétons, dans lesquels dansent toutes les lettres de mon nom de famille et quelques consonnes en plus!
Je suis très émue, je bredouille: «Merci… Vous avez été mon meilleur public!»
On fait une photo tous les trois. Ils disparaissent dans un murmure joyeux. Je tiens bon jusqu'à la fin du festival, dopée par cette rencontre.

Lundi 26 octobre 2020. C'est ma dernière représentation au Point Virgule avant le deuxième reconfinement. Je joue avec tout mon cœur. Les spectateurs me portent. Ils sont masqués mais leurs yeux scintillent. Mes blagues sur la solitude ont un écho particulier en cette période.
À la fin du spectacle, je suis longuement applaudie et j'entends même des tapements de pieds. J'ai cru entendre des paroles étouffées, des chuchotements pendant le spectacle. De petits oiseaux.
Ils sont là tous les trois, à la sortie.
Ils sont revenus me voir, désormais lycéens. Ils m'ont apporté une boîte de cookies, en souvenir d'Avignon. Je les prends dans mes bras. Je les remercie de me rappeler pourquoi je fais ça, pour cet amour-là.
Merci Raphaëlle, Orso, Mona.

Jeudi 22 juin 2021. Je reprends enfin mon spectacle! Je partage sur Instagram un article de *Télérama* et reçois ce message de Raphaëlle: «Bravoooooo pour ton article! C'est vrai que c'est tellement drôle et détabouifié quand tu parles de sexe, merci pour tes spectacles. Je pense que la fille de quatrième qui t'a vendu des cookies à Avignon a appris à être à l'aise avec ces questions grâce à des artistes comme toi. C'est peut-être un peu grâce à toi que je vais faire mon oral de bac sur le clitooo!»

Quand je suis trop heureuse, comme là, je n'ai pas les mots.

Que sont devenus les mecs que j'ai ken?

Thomas Legal, mon amoureux top secret de primaire, est devenu pompier apparemment, comme son père. Il y avait une caserne juste à côté de notre école.

Joachim, après de longues études (Maths Sup, Maths Spé, Centrale et master aux Ponts-et-Chaussées), est devenu codeur, pour une banque d'assurance. Il faut dire «analyste quantitatif en finance de marché». Bref, il gagne de la thune «avec les méchants» selon ses parents, tous les deux psys, qui s'étaient rencontrés à Corvol.
Joachim est l'un de mes amis proches, on se voit régulièrement pour aller au cinéma.
Joachim ne s'engage pas beaucoup en amour.
Je suis contente de n'être *que* son amie.
Il est resté en contact avec les autres membres de notre groupe, que je revois parfois, mais ça me fait bizarre. J'ai gardé Joachim, c'est tout ce qui compte.

Alessandro a perdu sa beauté. Je l'ai retrouvé sur Facebook, ça m'a fait un choc. Il a pris un sacré coup de vieux! Ses cheveux sont tout gris. Par contre, il a le même sourire – un peu niaiseux. On sent qu'il n'a pas gagné en intelligence. Mais, sur ses photos, il est accompagné d'une très jolie nana. Qui, elle, a un regard plutôt malin. Ils ont l'air très amoureux.

Mickaël, après avoir raté son bac trois fois, est devenu maître-chien. Il a bossé en tant qu'agent de sécurité à gare du Nord, s'est fait poignarder par des gitans. Il veut devenir gendarme. Il a tenté plusieurs fois le concours mais c'est son casier qui

bloque, il a fait trop de conneries dans sa jeunesse. Je lui ai déniché une avocate mais il a besoin d'un juge, j'y comprends rien. Je partage mon psy avec lui, je lui ai déjà donné ça.
Mickaël est mon ami, il est venu dans mon podcast. On avait enjolivé nos souvenirs. La réalité ressemble plus aux pages que vous avez lues.

Malo est papa.
Cela fait très longtemps que l'on ne s'est pas vus, je n'ai même pas rencontré son bébé. La dernière fois c'était vers le périph à porte de Bagnolet et on criait l'un contre l'autre, on pleurait. Comme s'il avait besoin de me détester pour avancer. Comme si notre rupture avait eu lieu dix ans après. On s'est téléphoné lors du premier confinement, on a pleuré encore. On s'aimera toute notre vie.

Adrian est toujours acteur. Il fait principalement des pubs. Je ne sais pas s'il continue à faire des bons cunnis. J'imagine que oui?

Rick a récemment découvert que sa femme le trompait depuis des années, avec une multitude d'hommes. À chaque voyage professionnel, elle s'envoyait en l'air. Il est l'homme le plus cocu de la terre!
Après ces révélations, ils ont tenté le couple libre. Ça a duré une semaine, puis ils se sont déchirés. La blessure narcissique pour Rick était trop énorme, et les regrets, dont je fais partie, obsédants. Ils se sont séparés.
Elle a trouvé un poste en Espagne. Lui veut rester à Paris. Il développe un projet de long-métrage, depuis cinq ans maintenant. Il ira en Espagne voir ses filles.

Je l'ai revu en février 2020. Il avait une coupe de cheveux et une moustache improbables.

Édouard a fini par quitter pour de bon sa troupe et le metteur en scène tyrannique (pas sa femme). Il travaille avec des amis, joue un peu au ciné. Il est surtout actif sur Facebook, où il partage les pétitions *change.org*, «pour une vraie loi climat», «des repas décents dans les Ehpad»... et que la culture est essentielle et la crème solaire mauvaise pour les coraux, les delphinariums insupportables, sans parler de l'esclavage et de la colonisation, #StopDelphinarium #BlackLivesMatter... Bref. La page Facebook de tout bon intermittent du spectacle. Il s'est bien sûr insurgé contre les journaux de confinement des écrivains bourgeois. Et s'est vanté de #resterchezlui plutôt que d'aller dans sa maison de campagne. Il a écrit, au début de la pandémie: «Le moi devient criminel à la moindre inconséquence dans ce genre de situation...», prouvant bien que ceux qui se sont le plus énervés contre Leïla Slimani ou Marie Darrieussecq sont des bourgeois qui ne savent pas écrire.
Mais si j'essaie tout de même de répondre à cette phrase: ce n'est pas le moi qui est criminel, c'est l'absence de moi, l'absence de courage.

Mon père.
Alors que mon père avait pris sa retraite et coulait des jours paisibles, l'écriture de mon récit a tout chamboulé, pour lui aussi.
Je l'avais prévenu qu'il figurerait dans mon livre et que j'avais besoin de parler du divorce. Depuis, il ne se confie plus à moi... Par contre, lors de notre dernière discussion zoom, je l'ai vu prendre des notes alors que je parlais. Figurez-vous

qu'il écrit une série «sur l'éthique, dans la presse», et que je lui inspire l'un des personnages. Certainement pas un personnage sympathique, plutôt du genre à salir un nom. De tous les hommes que j'ai cités, mon père est celui qui s'est le plus mis en compétition avec moi, m'a le plus jalousée et cassée.
Je sais que tu m'aimes papa et que tu es fier.
Mais rien de ce que je fais ne sera «jamais assez».
«Jamais assez» pour réparer? Quoi? Une peine immense?

Aujourd'hui, ma mère et ma sœur sont en bonne santé.

Aujourd'hui, je suis toujours actrice.
Mais aussi humoriste, podcasteuse et écrivaine maintenant.
C'est pompeux, mais ça me remplit de joie, comme le prénom d'un être aimé, alors je me le répète: écrivaine, écrivaine, écrivaine... et je n'y crois toujours pas.
J'essaie de vivre en paix avec la petite fille qui rêvait de ressembler à Kate Winslet, je lui montre de nouveaux portraits.
Malgré les déceptions et le chagrin, mon désir est toujours très fort. Il y a encore tant de mecs que je veux ken.

Remerciements

Je remercie mon éditeur, Laurent Beccaria, de croire en moi et de m'accompagner patiemment et passionnément.

Je remercie Fanny Boidron et Flore Gurrey pour leurs mots pleins de sens sur mon texte.

Pour écouter le podcast Les mecs que je veux ken, scannez ce QR code, et cliquez sur le lien qui apparaît:

Retrouvez toutes mes dates, mon actualité sur mon site Internet:
https://www.rosa-b.fr

Ou en me suivant sur Instagram:
@rosabursztein

Pour m'écrire:
lesmecsquejeveuxken@gmail.com

L'EXEMPLAIRE QUE VOUS TENEZ ENTRE LES MAINS
A ÉTÉ RENDU POSSIBLE GRÂCE AU TRAVAIL
DE TOUTE UNE ÉQUIPE.

COUVERTURE ET CONCEPTION GRAPHIQUE: Éric Pillault
COORDINATION ÉDITORIALE: Fanny Boidron
RÉVISION: Nathalie Capiez, Isabelle Paccalet
et Nathalie Reignier-Decruck
MISE EN PAGE: Soft Office
FABRICATION: Maude Sapin
COMMERCIAL ET MARKETING: Pierre Bottura
RELATIONS LIBRAIRIES: Jean-Baptiste Noailhat et Damien Nassar
PRESSE ET COMMUNICATION: Jérôme Lambert avec Axelle Vergeade
LES ARÈNES DU SAVOIR: Pierre Bottura avec Marc Blactot,
Laura Darmon, Adèle Hybre, Guillaume Lollier
et Clémentine Malgras

RUE JACOB DIFFUSION: Élise Lacaze (direction), Katia Berry
(grand Sud-Est), François-Marie Bironneau (Nord et Est),
Charlotte Jeunesse (Paris et région parisienne), Christelle Guilleminot
(grand Sud-Ouest), Laure Sagot (grand Ouest), Diane Maretheu
(coordination), Charlotte Knibiehly (ventes directes)
et Camille Saunier (librairies spécialisées)

DISTRIBUTION: Interforum

DROITS FRANCE ET JURIDIQUE: Geoffroy Fauchier-Magnan
DROITS ÉTRANGERS: Sophie Langlais
ACCUEIL ET LIBRAIRIE: Laurence Zarra et Lucie Martino
ANIMATION: Sophie Quetteville
ENVOIS AUX JOURNALISTES ET LIBRAIRES: Vidal Ruiz Martinez
COMPTABILITÉ ET DROITS D'AUTEUR: Christelle Lemonnier,
Camille Breynaert et Christine Blaise
SERVICES GÉNÉRAUX: Isadora Monteiro Dos Reis

L'ensemble de cet ouvrage a été réalisé dans le respect des règles environnementales en vigueur. Il a été imprimé par un imprimeur certifié Imprim'vert, sur du Lac 2000 PEFC pour l'intérieur et une carte Crescendo PEFC pour la couverture.

Certifié PEFC

Ce produit est issu de forêts gérées durablement et de sources contrôlées.

PEFC™ 10-31-3068

pefc-france.org

La couverture a été imprimée par Déjà Link
à Stains (Seine-Saint-Denis).

Achevé d'imprimer sur les presses de l'imprimerie CPI Bussière
à Saint-Amand-Montrond (Cher)
en décembre 2021.

ISBN: 979-10-375-0575-0
N° d'impression: 2061535
Dépôt légal: Janvier 2022